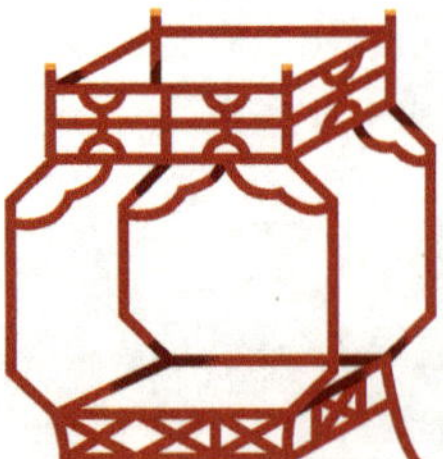

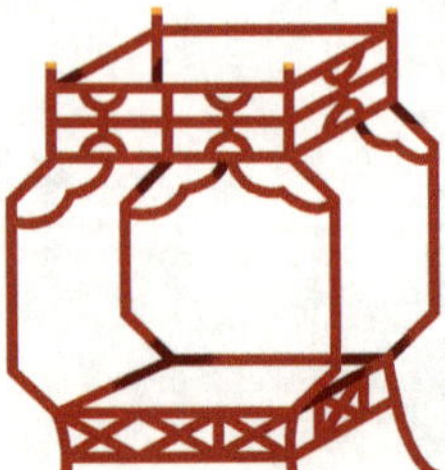

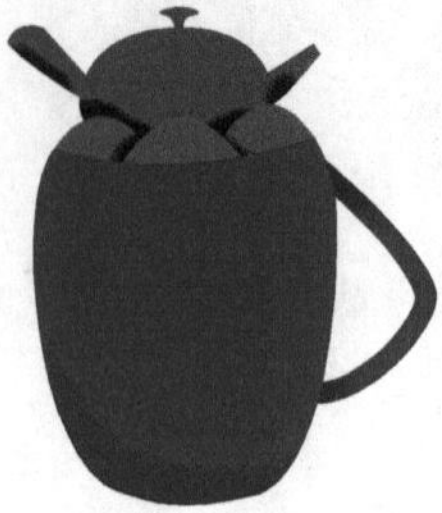

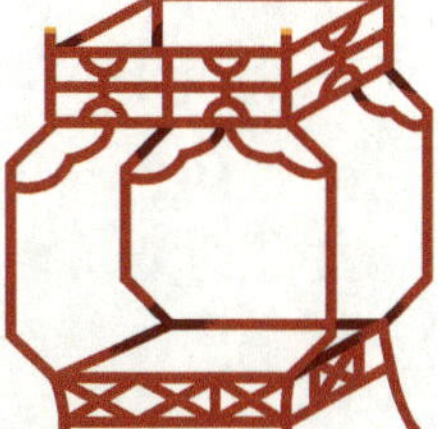

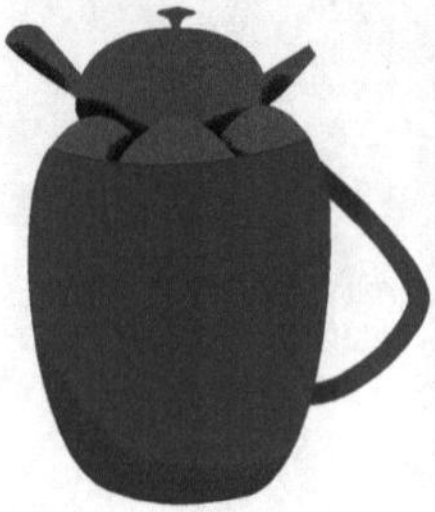

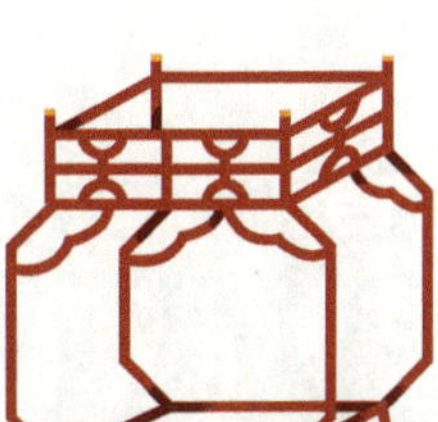

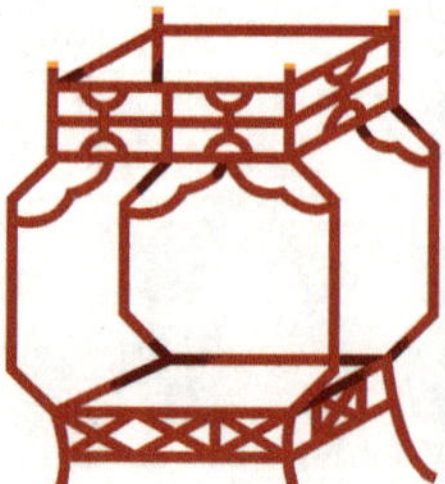

大春

大宋宫词·赵宋第一家族之宋太宗

陈华胜　著

江苏凤凰文艺出版社
JIANGSU PHOENIX LITERATURE AND ART PUBLISHING

宋太宗年号

太平兴国：历时 9 年，公元 976—984 年

雍熙：历时 4 年，公元 984—987 年

端拱：历时 2 年，公元 988—989 年

淳化：历时 5 年，公元 990—994 年

至道：历时 3 年，公元 995—997 年

目 录

第一章
陈桥兵变，赵匡义扮演的什么角色？

1

中国的历史从夏商到明清，大大小小有几十个王朝。每一次的王朝更迭，无不带来巨大的社会动荡。对于帝王将相来说，王朝的更迭意味着创业艰难，意味着天下易手，意味着权力的重新分配；而对于平民百姓来说，王朝的更迭则意味着动荡和灾难，意味着家破人亡，意味着连甘心做奴隶都做不成的悲惨境地。所以，中国的老百姓世代流传着一句惨痛的名言，叫作“宁为太平犬，莫作离乱人”。而有良知的知识分子也看到了这一点，又总结出一句话，叫作“兴，百姓苦；亡，百姓苦”。

然而，历史上也有唯一的例外，那就是宋朝的建立。

宋朝是在兵不血刃的情况下通过一场和平的政变实现

了政权的转移。据说那一天，宋朝的京城开封城里连集市贸易都照常进行。这场和平的军事政变，历史上称为“陈桥兵变”。另外，它又有一个更形象的说法，叫“黄袍加身”。通过黄袍加身，后周的军官赵匡胤成了宋朝的开国皇帝，从而开创了三百多年的宋朝基业。

赵匡胤是“黄袍加身”的最大受益者。然而，根据官方的史书记载，他似乎是并不情愿地当上了皇帝的。真的会有人连皇帝都不情愿当吗？这究竟是赵匡胤故作姿态做的一场秀呢？还是他真的在不知情的情况下被别人赶鸭子上架的呢？

还是让我们回到那个政变的场景当中去探究一番吧！

公元960年的正月，开封下了一场大雪。

铺天盖地的雪花把后周京城装点得银装素裹。

根据刚刚过世的后周世宗柴荣的遗诏，柴荣七岁的儿子柴宗训在大臣们的拥戴下登基当了皇帝。开封府的老百姓沉浸在小皇帝即位和农历过大年的喜庆之中，家家户户杀羊宰猪，酿酒烹食。然而，爆竹的余烬尚未在空气中散尽，突然就有一团阴云铺天盖地地压来。

一支开赴前线迎敌的部队在京城以北四十里外的陈桥驿发生兵变，拥立他们的主帅、殿前都点检赵匡胤做了皇帝，并且正挥师南下直逼开封，来夺小皇帝的皇位。

在这里，我们有必要解释一下“殿前都点检”是一个什么样的官职。“殿前”是简称，全称是当时最高的统兵机构殿前都指挥使司，一般也简称为“殿前司”或“殿司”。它的领导人依次往下排是殿前都点检、殿前都指挥使和殿前都虞候。所以，赵匡胤当时在后周的官职相当于全国武装部队司令官。

据说赵匡胤是在一夜睡醒后被哗变的将士强行披上象征皇权的黄色蟒龙袍的。此前，这位执掌禁军的检校太尉、殿前都点检一直宣誓效忠柴周皇朝。事实上，刚刚过世的周世宗柴荣一直把他当作心腹看待，这种君臣关系在中国传统小说《飞龙全传》里被塑造成一种兄弟般的情谊。

从种种迹象看起来哗变都像是军士们的自发行为。唯一解释不通的是，在出征的军营中怎么会携带着皇帝才能穿的黄色龙袍？要知道在那个时代，衣冠上的僭越是足以构成杀头死罪的。

如果说是临时缝制的，那么一夜之间谁又有这个本事呢？除了神仙，就是今天的机械纺织，恐怕也来不及。何况这种明黄色绣蟒龙的衣料也只能来自宫中皇家，市场上是买不到的。造反的军士又从哪里搞到这种衣料呢？

当然，那时候已经不会有人去追究这一点了，甚至这支部队到底是为什么出征的都不会有人再过问了。先前传来的警报说是契丹来犯，现在看来完全是子虚乌有。根本没有什么敌人，所以这支部队的调动本身就很成问题。

哗变的军队得到了守卫京城禁军的响应，很快便里应外合，顺利控制了京城，所以不会有人再去计较这些枝节了。开封的老百姓也只是略微怔了一下后就双膝跪地迎接他们新的君主了。从此，后周的旗号便被赵宋所取代。

对于“陈桥兵变”或者说“黄袍加身”这一事件，史学界当然不会承认是一批军士的自发行为那么简单。然而，普遍的观点仍然认定这是一次仓促发起的政变。

但是我要告诉你们，你们错了！

2

黄袍加身是一个蓄谋已久的阴谋。这个阴谋的发轫早于这支军队的不寻常调动，甚至早于七岁小皇帝的登基。在一年前周世宗柴荣北征途中显示出病症的时候，这个阴谋就开始了。

阴谋开始于对一个人的陷害，并且以一箭双雕的效果达到了最后的目的。说来令人难以置信，正是周世宗柴荣帮了阴谋者的忙，完成了这个阴谋。

在五代十国的历史上，柴荣是一个雄才大略的君主。与前辈石敬瑭以及刘知远、刘崇兄弟屈辱事辽、甘心服输不同，柴荣在对契丹的政策上显示出鹰派的强硬作风。

而上天似乎也给了他逞强的机会。

就在后周朝建国的那一年，辽国发生了内乱，契丹人拥立新君即位，号辽穆宗。穆宗还是一个少年，他的心思都在游戏上面，对于国政一点兴趣都提不起来。事实上，他几乎把朝堂变成了一个酒吧，昼夜酣饮，然后跟今天所有贪玩的年轻人一样每天睡到日中方起。他也因此得到了一个绰号："睡王"。

皇帝可以享有一切，唯独不能享有正常人的生活。少年皇帝想过他的贪玩时光，国政由此荒废也是必然的事情了。周世宗此时刚刚平定了淮南，人心振奋，他看到了辽国的衰乱，决定乘机北伐，收复被后晋石敬瑭割让给辽国的燕云十六州。

就在陈桥兵变的前一年——后周显德六年——公元959年，周世宗亲自率军北征，三月从汴京开封出发，仅仅42天时间，一路无阻、所向披靡地攻陷了十六州中最南面的两个州：瀛州（今河北河间）和莫州（今河北任丘），以及益津关（今河北霸州）、瓦桥关（今河北雄县）、高阳关（今河北高阳）三关。可是，当他正要集结部队长驱深入，进攻十六州中最重要的幽州（今北京）时，年仅三十五岁的柴荣突然生了大病，以至于不得不回师撤退。没有记载，柴荣得的是什么病，但足以影响一次重大的军事行动，看来绝不是一般的微病小恙了。

当后周的军队撤退到澶渊这个地方时，柴荣让部队停了下来。在当皇帝之前，他曾经替他的养父、后周的开国皇帝郭威镇守澶州两年，颇有政声民望。所以，他对澶渊这个地方是有感情的。

看来柴荣对这次撤退心有不甘，他不相信老天爷给了他机会却不给他时间。他也许想在澶渊调理一下身体再做决定，也许更有深层次的考虑。问题是他没有将自己的想法跟他的大臣们说明。不仅如此，他还禁止他的大臣来谒见他，哪怕是宰辅近臣来探病问疾也不让见。唯一例外的是澶州节度使兼殿前都点检、驸马都尉张永德。

张永德是周太祖郭威的女婿，而柴荣是郭威的养子、太祖柴皇后的内侄，两个人是亲戚，论辈分张永德还是柴荣的姐夫。柴荣此时，恐怕最信赖的就只有张永德一个人，所以唯独允许他到卧室内晋见。

根据《旧五代史》引《却扫编》的记载：周世宗柴荣的身体状况不明，举止又反常，使得随行的文武百官非常担忧。他们纷纷游说张永德，说：这里离汴京很远，万一发生了什么事，前不着村后不着店的，恐怕难以照应，应该催促皇帝赶快回京以安定人心。

张永德想必是个老实人，就这样去对柴荣说了。柴荣看着他，反问："是谁叫你来说这些话的？"张永德回答说，群臣都是这么个意见啊。柴荣沉默了很长时间，长叹一口气说："我知道必定是人家教你来说的，你就是唯独不能领会我的深意。哎！看你这副穷薄的命相，哪里足以当得重任啊！"

第二天，周世宗就宣布回驾返京了。

这是一段非常有意思却被后世的研究者所忽略的记载。

周世宗感叹张永德不能领会自己的意思，命相穷薄不能担重任，那么他的本意究竟想把什么重任交给张永德呢？——是想传位给他吗？还是想向他托孤，要他辅佐自己年幼的儿子？

不管周世宗究竟是哪一种想法，对于觊觎皇位的阴谋者来说，张永德都构成了一道障碍，成了必须搬走的一块石头。何况他还兼着殿前都点检的军职，掌握着拱卫皇帝的禁军实权。

周世宗问张永德的第一句话也很有意思：“是谁叫你来说这些话的？”——也许他早就预料到有人会教唆张永德来说这些话，而教唆张永德的人就是别有用心的阴谋者，他要引蛇出洞。然而，张永德的回答是群臣都是这么个意见，于是周世宗想要引出洞的那条蛇继续隐藏在“群臣”的背后了。

周世宗只得无奈地叹息，而张永德注定将成为牺牲品。

于是，阴谋就从陷害张永德开始了。

应该说，篡位之心从此时就已经酝酿成熟。

同样是《旧五代史》，记载了这样一件蹊跷的事：“帝之北征也，凡供军之物，皆令自京递送行在。一日，忽于地中得一木，长二三尺，如人之揭物者，其上卦全题云‘点检做’，观者莫测何物也。”

而在《宋史》中则讲得更透彻明白：“世宗在道，阅四方文书，得韦囊，中有木三尺余，题云‘点检做天子’，异之。时张永德为点检，世宗不豫，还京师，拜太祖（按：赵匡胤）检校太傅、殿前都点检，以代永德。”

就是说周世宗在途中得到一块奇怪的木头，上面刻着

“点检做天子”的字样。

张永德因为心眼不细，没有说出指使他进言者的具体名字来，致使周世宗反倒对他本人起了疑心。再加上这块假借神异谶纬之言的木简，于是周世宗怀疑张永德将不利于自己的社稷天下，就剥夺了张的禁军兵权，授予赵匡胤。

周世宗可谓是“智者千虑，必有一失”。既然相信“点检做天子”的谶言，何不就此废除“殿前都点检”的职位，采取措施从根本上防止利器授人呢？——事实上，后来赵匡胤当了皇帝，马上就废除了这个“殿前都点检”的职位——而柴荣却仅仅拿张永德开刀，不料正好成全了这桩阴谋。

这桩蹊跷的事件中有一个最蹊跷的问题：这块木简是从哪里来的？周世宗也许真的迷信它是天意了，居然没有追究这样一条极为重要的线索。《旧五代史》倒为我们留下了线索：“帝之北征也，凡供军之物，皆令自京递送行在。”——军中物资都是从汴京开封运来的，木简当然也是从开封来的。

那么留守开封的大臣中，谁在负责军需供应呢？阴谋者就要浮出水面了。

赵匡义！——赵匡胤的弟弟赵匡义。《宋史·太宗本纪》记载，赵匡义“仕周至供奉官都知”。

那么就清楚了。这里包含着一桩内外勾结、蓄谋已久的周密计划。至于张永德的"殿前都点检"之职正好落入赵匡胤之手，这倒也是他们所始料不及的，可以说意外地起到了一箭双雕的作用。

这段"木简故事"是"黄袍加身"的一笔重要注脚。

治五代史的学者多看重欧阳修的《新五代史》，而轻视薛居正的《旧五代史》，认为旧史材料芜杂，观点不一，文采较差。而在欧阳修撰的《新五代史》里，这段"木简故事"悄然不见了，没有只字片语的记载。

我想说的是，这恰恰从另一个方面证明了"木简故事"背后大有文章。

薛居正监修的《旧五代史》修于宋太祖开宝六年（公元973年）四月，完成于开宝七年闰十月，仅仅用了一年半的时间，材料芜杂来不及整理，往往有闻必录。而且大宋初创，一切建制未备，各种禁忌也相对少些。所以，我们从"芜杂的材料"里倒还能拨草见蛇地找到些蛛丝马迹；而欧阳修撰《新五代史》大致是在宋仁宗景祐三年（公元1036年）开始，到皇祐五年（公元1053年）完稿，前后经过了18年时间。他有足够的时间深思熟虑，为尊者讳，为大宋皇家讳。所以，他有意识地掐断了这个蛛丝马迹。而到了《宋史》，因为是元朝人编撰的，当然用不着再为赵宋皇家遮遮掩掩了，所以又把这段“木简故事”用一种更加清晰的笔法写了出来。

好了，现在应该来认识一下浮出水面的阴谋者——赵匡胤、赵匡义兄弟了。

3

这两兄弟是河北涿郡人。赵匡胤生于后唐天成二年（公元927年），赵匡义生于后晋天福四年（公元939年），相差正好12岁。

河北涿郡是三国时期蜀汉刘备的老家。

赵匡胤应该是很崇拜刘备这个老乡的，所以他年少时的行迹几乎是刘先主的翻版；好声色犬马，好行走江湖，好结交豪杰，好刀枪骑射。不过他的家庭成分比刘备要强些，他是部队大院的子弟。在他出生的时候，他的父亲赵弘殷已经是后唐的一位禁军高级军官。

赵匡胤是在洛阳夹马营的部队大院里出生的。他出生的年份以公元纪年是927年，以中国的生肖纪年法，应该是一个金猪年。金猪年的说法源于唐贞观年间，也就是公元

627年的一次币制改革。当时唐王朝采用汉五铢钱定制对隋末混乱的货币制度进行改革，从而奠定了后来的贞观盛世。铢系金，谐音猪，627年恰巧也是一个猪年，于是就有了“金猪年”的说法。人们相信，这是一个吉祥的年份，总有祥瑞降临。

据说赵匡胤生的时候“赤光绕室，异香经宿不散，体有金色，三日不变”。——诸如此类的天文异象几乎在中国的每朝开国皇帝出生的时候都会出现，这是我们的二十五史的特点，借此宣扬君权神授而已。今天用科学的观点来看，“体有金色，三日不变”恐怕是新生儿黄疸，医生关照要多抱去晒晒太阳的。

跟王朔、姜文电影中的大院子弟一样，赵匡胤过着他“阳光灿烂的日子”，闯祸、做一些危险的游戏也是经常的事情。有一次，他跨上一匹没有上鞍的烈马，那马顺着城墙的斜坡飞奔起来，前面是一堵箭垛的门楼，情形就像好莱坞西部片中游侠在火车顶上打斗，火车突然要穿越隧道了一样。别人只看到他的头撞在墙上重重地从马上摔落坠地，大家惊呼起来，以为他的脑袋必定被撞碎了。然而，奇迹发生了：少年赵匡胤慢慢从地上坐了起来，然后他又追赶上去，重新跃上了马背，身上居然毫发无损！

当然，这样的冒险是毫无意义的，所以当他“移动漫游”到襄阳时，一个善于看相的老和尚指点他到北方去捞世界。

此时的世界已经从后唐变幻为后晋，又变幻为后汉了。他的父亲赵弘殷也因为作战勇敢，在战场上付出一只眼睛的代价后，升官至后汉朝的都指挥使。

后来的周太祖郭威也在后汉当高级将领，赵匡胤去他那儿投了军。到郭威代汉后，赵匡胤父子也就顺理成章地成了后周的军官。

在周世宗的第一次对辽自卫反击战——高平之战中，赵氏父子都因为作战勇猛、奋不顾身而得到了嘉奖。赵匡胤被拜为殿前都虞候，领严州刺史，从此成了周世宗身边的亲信将领。几年后，又因军功升任殿前都指挥使、忠武军节度使。在周世宗北征的时候，他已经成了后周军的水陆都部署，类似于今天的陆海军参谋总长。

而同父同母的同胞弟弟赵匡义则出生在开封的浚仪官舍内。据说跟哥哥一样，他出生的时候也是“赤光上腾如火，闾巷闻有异香”。比哥哥更加神异的是，据他们的母亲、后来尊为昭宪皇后的杜氏讲，赵匡义是她梦到一个神人捧着太阳送入怀中而有孕的。从母亲的口中可以看出，似乎这位母亲更加宠爱弟弟一些。

出生在军营里的孩子从小爱武，而出生在官舍里的孩子则性格偏文。赵匡义不像赵匡胤那样喜欢结交豪杰，事实上，他小的时候是一个不合群的孩子，长得有点像小大人。长大后，他也不像父兄那样可以奋勇沙场，而是“工文业，多艺能”。他们的父亲赵弘殷攻破敌人的城池后，财物分文不取，倒是到处搜罗古书，送给这位儿子读。所以，他无法像父兄那样成为指挥千军万马的将领，而只是做了一名朝廷的供奉官都知，相当于今天的总后勤部长官。

这样的官职安排为兄弟俩里应外合创造了有利的条件。而协调他们的步调、主使他们行动的恐怕还有他们的母亲杜氏——他们的父亲此时已经过世了。从史料的蛛丝马迹中，我们似乎可以得出这样一个结论：这个家族、这一家人其实都参与了这场政变的阴谋。

说杜氏参与其事的一个有力证据就是她在听到陈桥兵变后的第一反应。根据《宋史》的记载，当人们报告她“点检已做天子”时，这位妇人只是平静地说了这么一句话：“吾儿素有大志，今果然。”——“素有大志”四个字，道出了陈桥兵变的真相！这绝对不是一次仓促的兵变。

而杜氏这种平静中料事如神的语气，对于一个受封建忠君教育的命妇来说，更是不可思议的。当年王莽篡汉，王莽的女儿正做着汉朝的孝元太皇太后，对于父亲的篡夺行为痛加斥责，抵死不肯同流。当王莽派大臣王舜去向她索要传国玉玺时，她愤然将玉玺摔于地上，以示坚决的不合作态度。

然而杜氏对于儿子违背君臣大义的篡夺行为却没有丝毫的责备，甚至对这样的突发事件也没有一丝的震惊，这只能说明这位母亲早就参与了儿子们的篡夺阴谋。

不仅如此，恐怕连赵匡胤寡居在家的妹妹也是一位知情者。因为有史料记载，在陈桥兵变之前传来所谓的契丹来犯的消息，后周朝廷准备派赵匡胤率兵北上，当时的后周京城就流传开了可能会有兵变发生的谣言。赵匡胤被搞得很有压力，回家来唠唠叨叨地叹息：“人们这样说我，我该怎么办呢？”——阴谋在还没有实施之前，就被人识破，当然是值得担心的。据说，他那位长得跟他很像的妹妹从厨房里冲出来，挥舞着擀面杖，大吼一声：“大丈夫临大事要当机立断，别婆婆妈妈说这些废话！”——嘿！你看，她都知道哥哥要“临大事”了。

4

现在，我们试图来还原一下当时的历史。

周世宗柴荣在北征途中显示出病症的危情被赵匡胤有意或无意地报知了开封的家人。杜氏和赵匡义当即觉得这是一个千载难逢的机会，于是他们与前线的赵匡胤进行了秘密的书信联络。赵匡胤源源不断地将前线的情况事无巨细地告知后方，包括柴荣驻足澶渊只让张永德一人陛见的情形。当然，在前线与后方的联络中应该有一些穿针引线的人物，譬如赵匡胤归德军节度使府的书记官赵普。于是，一个阴谋的核心圈宣告形成，阴谋也从设计陷害最大的绊脚石张永德开始了。

“木筒阴谋”无意中起到了一石二鸟的作用。柴荣不仅上当罢免了张永德，还任命赵匡胤接替做了禁军主帅——殿前都点检，大大加快甚至促成了篡位阴谋的准备工作。当后周恭帝柴宗训以七岁童子之身登上九五之尊时，篡位只欠发动了。

现在来看一下后周当时的军队高层情况：张永德已经出镇许州，与殿前都点检平级的侍卫马步军都指挥使李重进也移守扬州。殿前司大权在握的分别是：殿前都点检赵匡胤、副都点检慕容延钊、殿前都指挥使石守信、都虞候王审琦。侍卫司的总司令李重进出镇扬州，由副总司令、侍卫马步军副都指挥使韩通代理，下面分别是：都虞候韩令坤、马军都指挥使高怀德、步军都指挥使张令铎。留在京城的高级将领除了韩通一人外，其余的都是赵匡胤的战友和兄弟。

发动当然是迟早的事了。箭在弦上，岂有不发之理？

这一年的大年初一，后周君臣正在庆贺新年，突然接到了契丹入侵的紧急战报，小皇帝与宰相范质、王溥吓得手足无措。而此时，朝中最德高望重的武将就是赵匡胤了，于是小皇帝当即命令赵匡胤率兵北御。发兵之日，京城里谣言四起，到处哄传："出军之日，当立点检为天子。"——这当然是一种舆论造势，但如此肆无忌惮，不能不说篡位者已经胜券在握了。之所以不直接在京城发动兵变，而要到京城二十千米外的陈桥驿上演一出"黄袍加身"的秀，一则是套用后周篡汉的故事——当年的后周太祖郭威也是以同样的方式夺取天下的，这样做的好处是给自己更大的回旋余地；二则是不想背负恶名，做出一副顺应民心的姿态。

陈桥驿，位于今天河南省新乡市封丘县东南部，五代后晋时开始形成村落。因村中有一小桥失修，系陈姓村民捐资修复，所以命名陈桥。后周时在此设立驿站，故称陈桥驿。

第二天，大军在京城以外二十千米的陈桥驿驻扎下来。

一天行军二十千米，似乎算不得十万火急。其实也真没有什么十万火急的军情，一切都在秘密的掌控之中，行军只是篡位的程序而已。

据说当天夜里，赵匡胤喝得酩酊大醉，睡在自己的军帐里一夜未露面。“军中知星者”苗训——这位《飞龙传》里的“苗先生”在军中的身份着实堪疑，他是军队中的专职巫师，还是业务的天文爱好者？史书上似乎没有交代——夜观星象，突然宣布说天象有异，说是“日下复有一日”。于是军中人心浮动，将士相聚商议：“主上幼弱，朝廷空虚，我们纵然死力破敌，有谁得知？不如先拥奉点检为天子，然后北征。”

于是，赵普与军中将领高怀德、慕容延钊、张令铎、潘美等，大家聚在一起计议。计议的结果是派人驰入京师，秘密联络守卫京城的殿前都指挥使石守信、都虞候王审琦。当然，恐怕也少不了通知在京城的杜氏。杜氏可能还以伯母的长辈身份从中协调石守信、王审琦辈的行动。因为石守信、王审琦两人都是赵匡胤的铁杆兄弟，号称“义社十兄弟”，他们早就做好了里应外合的准备。

在正月甲辰——也就是初四一大早，众将士持刀露刃围住赵匡胤的军帐。赵匡胤当然是“惊起”，出庭观看时，众将士高呼：“诸军无主，愿奉太尉为天子。”他还未及回答，早已准备好的黄袍就覆盖在他身上了，众人环列罗拜，山呼万岁。然后也没有人提什么“北征”了，将赵匡胤挟持上马，驰还汴京。

赵匡胤被将士们簇拥着回开封。一路上，他似乎还很不情愿，勒住马缰绳对大家说：“你们这些人贪图富贵，立我为天子，我这叫身不由己。你们如果能听我的号令，我才能答应你们做皇帝；如若不然，我断然不能当这个皇帝！”诸将士当然齐刷刷回答愿意听从命令。于是，赵匡胤跟大家约法三章，中心思想是：进了京城不得惊犯周恭帝、太后及公卿大臣；不得侵掠朝市、府库——他似乎对进京城胸有成竹，已经在关照进京以后的事了。

在今天看来，这一番关照实在是太有意义了！注定了赵匡胤将不同于他以前的那些短命皇帝，而他开创的皇朝也将是一个划时代的皇朝。

我们知道，整个五代史有一个最大的通病，那就是“骄兵”两个字，这是唐末藩镇割据留下来的后遗症。这些武人们打仗、立功都是为了要封赏。没有封赏或者封赏不够，他们就动手自己抢，或者干脆起兵作乱，活脱脱一副土匪本色。受害最重的当然是老百姓，甚至连五代时期的一些皇帝本人，也是这种兵灾的受害者。后周的开国皇帝郭威也正是因为在兵灾内乱中全家被害，才将帝位传给了他的内侄柴荣；柴荣本人也有三个子女和郭威家人同时遇难。但郭威还是没有能力去改变这种现状，他在改朝换代之际还是照五代的老规矩让士兵们到京城里去大肆抢掠十天，以作酬劳。到了第三天，郭威看到老百姓实在太可怜了，才冒着极大的风险，强行下令提前结束抢劫大狂欢。赵匡胤看到了这一点。在经过长期动乱之后，人心确实是厌乱了。他要用他的智慧和仁慈，用他的权威和魄力，来彻底扭转这种局面。所以，他在进京之前，先跟部下将士约法三章。虽然受了拥戴，但却不愿意在欠诸将人情的情形下做皇帝，反而要使诸将感恩于皇帝——这是赵匡胤的想法。我是因为你们再三恳求才不得已当了皇帝的，因此你们都要绝对服从我的纪律，我要做的事情绝对不受你们的干涉。从这层意义上说，后来宋朝的官方文献中强调赵匡胤是迫不得已做了皇帝的，其实还隐藏着宋朝立国的一项基本原则。这是赵匡胤的高明之处，也是这位皇帝的伟大之处。

接下去的事情就如赵匡胤预计的一样了，虽然在细节在石守信、王审琦的配合下，大军第二天就兵不血刃地开进了汴京城。开封府的守将只有侍卫亲军副都指挥使韩通闻变赶回家中想结集人马抵抗，但还来不及召集军队，就被军校王彦升所杀。韩通一家成了这次政变的唯一牺牲品。然后，后周的文武百官陆续到来。一个叫陶谷的翰林承旨居然已经在袖子里藏好了预先拟就的禅让诏书！你想，这要不是预谋已久、里应外合的政变，陶谷有几个脑袋敢预先准备好这样的诏书？

一个新的王朝建立了。因为赵匡胤所领的归德军驻在宋州（今河南商丘），所以建国号为宋。

这应该就是黄袍加身的真相。

那么我们今天怎么来评价这一场政变呢？一般人普遍认为，赵匡胤兄弟从后周孤儿寡母手里夺取江山，是非常可耻、非常不道德的事，甚至迷信的人还说这是大宋朝的“原罪”，所以在三百年后，赵宋的江山也在孤儿寡母手中被蒙古人夺走。但我们读历史，不能老是看到帝位之争与利害之争，认为赵匡胤从柴荣的孤儿寡妇手中夺走了江山，两人是对立面。他们也曾志同道合，有共同语言；赵匡胤也有作为柴荣理想的事业接班人的一面。赵匡胤只比柴荣小六岁。柴荣不死，赵匡胤肯定会忠心耿耿地跟着他打天下。以柴荣的魄力和能力，他是能建立起一个崭新的统一王朝，有所作为的。然而，柴荣这个合伙人却不幸英年早逝，赵匡胤不愿意他为之奋斗多年的大事业落到别人手中去。为了让这桩大事业掌握在自己手中，能够按照原来的方向、原来的计划进行，才策划了这场阴谋与兵变。

顺便说一下，赵氏兄弟是尽量让这场政变以和平的方式进行的，即便是对张永德这样的后周国戚也表现出足够宽大的态度，宋太祖登基后立即加封张永德为侍中，赵家哥俩还用巨杯跟张永德豪饮一场，敞开胸怀交了心；而对于后周小皇帝的安排也尽可能地考虑到他的体面。《默记》上记载："艺祖（赵匡胤）初自陈桥推戴入城，周恭帝即衣白襕，乘轿子，出居天清寺。"——原来，宋朝以前的轿子都是四面敞开的，叫"步辇"。例如，唐朝阎立本的著名画作《步辇图》就描绘了唐太宗坐在步辇上接见吐蕃王松赞干布使节的情景。现在我们知道的轿子模样要到宋代才开始有，历史上第一个坐轿子的人就是被赵匡胤赶下台的后周末代皇帝！与步辇不同的是，轿子是四面围合封闭起来的，这是因为周恭帝是退位的皇帝，为照顾他的面子用轿帘围起来不让人看见。然后，这位周恭帝被降封为郑王，迁往房州。赵匡胤还颁布圣旨优待恭帝母子，赐柴氏"丹书铁券"（免死金牌），保证柴氏子孙永享富贵，即使犯罪也不得加刑。

所以说，黄袍加身尽管是一场阴谋，但却是一场推动历史前进的阴谋。

5

我们在前面已经说过，本书的主人公赵匡义也是这个阴谋的积极参与者。那么，在陈桥兵变的历史当口，赵匡义又扮演了什么角色呢？

南宋李焘的《续资治通鉴长编》一书中说：宋太宗时期的言行实录曾经修改过两次，第一次就是专门对陈桥兵变的记载进行修改。修改好后他看了还不满意，多次要求宰相组织史学家们重新修改。所以，我们现在看到的史书大多采用的一个说法是：赵匡义和赵普两个人拥入赵匡胤大帐，将黄袍披在赵匡胤的身上——注意：是赵匡义将黄袍披在哥哥身上，也就是说是他让赵匡胤当的皇帝。这个细节非常重要。那么，哥哥死后这件黄袍又披到了他自己的身上就更加名正言顺，何况还有赵普做见证人。然后，当大军开拔朝开封回师时，是赵匡义扣住了匡胤的马缰，要求他颁布不许扰民的军令。这当然又是仁义的光辉形象，一样属于脸上贴金的。

然而，我们说史书中美化宋太宗的许多记载都不真实，都是在赵匡义登上皇位后，由一些御用史官秉承他的意旨增补上去的。举一个简单的证据，就可以推翻赵匡义在陈桥兵变时立了大功的假话。这个证据就在《邵氏见闻录》引用的《建隆遗事》里：陈桥兵变时，赵匡义留在京城陪伴母亲杜氏，根本没有到陈桥驿去。人都没有去，事迹又从何而来？对于这些内幕，宋朝的人不好说，但是元朝的人敢说。《宋史》是元代修的，元人袁桷在《清容居士集·修辽金宋史搜访遗书条例事状》一文中就说：陈桥兵变时"太宗叩马"要求太祖下令约束军纪，不得骚扰百姓那一段话，是"后人增入，显是迎合"。袁桷完全理解，宋朝的许多御用史官迎合皇帝、拍皇帝马屁不惜造假的手段。

那么，赵匡义为什么没有到陈桥驿去？一方面，作为后周的职官，他也有公务在身，未便擅离职守跟着哥哥去前线；另一方面，既然是里应外合，里应恐怕更重于外合，开封城内也需要一个居中调度的人，而赵匡义，就是这么一个居中调度的角色。

我们可以想象这样一副场景：从赵匡胤带队出发后，赵家表面看来一切正常，但实际上已经进入了一级戒备的状态。为了应对可能出现的失利或僵持局面，赵匡义尽可能地把赵府的男丁都武装了起来，围墙和门禁也都做了加固。跟前方的联络当然是秘密且频繁的。事实上，部队每天的行军路线一应动止都在后方掌握之中。当然了，还得派专人跟开封城里参与阴谋的其他几位禁军将领保持联络，以保证他们能在第一时间起到里应外合的作用。还有，正常的朝会还必须上，这样可以摸清后周朝廷的动态并及时地将这些情报告之前方的部队。

应该说，这个时候留在开封城内为一支叛军做内应绝不是一件轻松的工作，其危险性甚至超过了在兵变军中。刚才我们也说了，政变的军队在开封城中还是受到了后周将领韩通等人的反攻。事实上，赵匡胤意气风发地挥师回到开封城下时，也曾吃了一个闭门羹！开封北面的宣祐门城门紧闭，守城的后周禁军部队严阵以待，拒绝接纳这支在前线哗变的叛军入城。好在赵匡胤的运气不错，绕道到第二个城门仁和门时，守城的禁军见是他们的老长官要进城，连忙开门相迎。于是，赵匡胤就顺利地进城占据了皇宫，赶走了后周小皇帝，正式宣告登基称帝。

你想一想，万一城内韩通等军官组织起了有效的抵抗，万一赵匡胤的军队进不了开封城，那么城内搜索同党哪怕是株连家属，也够赵匡义受得了。所以，赵匡义此刻不在陈桥兵变的军中绝不是说他置身事外。他担负的使命也许更加重要，处境更加危险。

所以，这样的历史还原其实并没有抹杀赵匡义在建立宋朝中的功绩。事实上，大宋朝确实是他跟赵匡胤两兄弟联手缔造的，而赵匡义在事件背后显现出来的谋略恐怕更胜赵匡胤一筹。

6

通过这么一次历史上最有秩序的改朝换代，大宋朝建立了。

论功行赏，拥戴的将领和大臣们各有晋升。赵匡义也被提拔为殿前都虞候，也就是武装部队总参谋长，这是他的哥哥赵匡胤在做殿前都点检之前担任的职务。这些年，匡义总是亦步亦趋地跟着兄长的脚步。对于相差 12 岁的兄弟来说，匡义对这样的成长轨迹也感到满意。唯一让他感到有那么一点失落的是，从前的亲密兄弟现在成了等级森严的君臣关系，而且为了避皇帝哥哥的名讳，他的名字也被改成了赵光义。当赵光义跟着群臣一道向兄长行三跪九叩之礼时，他第一次感到有些怅然，而这样的情绪是他们之前策划政变时所没有想到的。

当然，现在想这些可以说太迟了，也可以说还太早。

在过去的53年里，曾经冒出过十多个皇帝。赵氏兄弟建立的宋朝会不会只是“五代”之后的“第六代”呢？说实话，大宋开国之初的形势跟前面的五代还真的没多大区别：都是武将篡位、禁军拥戴建立的朝代；实际的控制区域也都只有中原那么一块；各地的藩镇武将同样都还虎视眈眈……

就在太祖践位不久，军阀李筠和李重进就先后发动了叛乱。李筠是五代时期的著名将领，也是后周的开国大将。当年周世宗柴荣对他也得睁一眼闭一眼；赵匡胤当皇帝，他当然不服。据说，宋朝的使节来向他传达改朝换代的信息并向他颁布加官晋爵的诏书时，李筠取出后周太祖郭威的画像挂在大厅墙壁上，对着画像痛哭流涕。而李重进本人就是郭威的外甥，在后周朝官拜侍卫马步军都指挥使，也就是韩通的直接上司。后周的禁军分为侍卫亲军和殿前亲军两部分，分属侍卫司和殿前司执掌，号称“两司”，侍卫司的最高长官就是侍卫马步军都指挥使，殿前司的最高长官是殿前都点检，所以李重进与赵匡胤平起平坐，哪里肯轻易屈居人下？

这两路军阀如果同时举兵，那么对于新生的大宋政权倒真是一个很难应付的局面。事实上，李重进也确实派人去联络李筠了，但不知怎么，他的使者却阴差阳错地来到了开封。于是，赵氏兄弟展现出他们高超的外交手腕，赐李重进丹书铁券、金银重宝，千方百计笼络，先摁住一头再说。然后，赵匡胤宣布对李筠御驾亲征。在征伐李筠时，赵匡胤原本想让赵普坐镇汴京，赵普却主动请缨，要求随军出征。于是，赵匡胤便决定以赵光义为大内都点检，留镇开封，主持一切事务。

据《宋人逸事汇编》载："太祖征李筠，以太宗为大内都点检。都民惊曰：'点检做天子，更为一天子地耶！'"

赵匡胤就是以殿前都点检的身份篡夺了后周政权的。现在，赵光义又被任命为大内都点检，"点检"这个职位真的有些敏感，也难怪京城的老百姓会发出这样的声音。

这样的声音想必也传到了赵光义的耳朵里，他会做何感想呢？诚惶诚恐，还是心有所动？当然了，当务之急还是一致对外，维持大宋朝的新生政权。

有了赵光义在后方留镇，赵匡胤在前线打得很顺手。虽然当了皇帝，打仗毕竟是从前的职业，还不是轻车熟路？李筠在宋军强大的攻势下彻底精神崩溃，兵败自焚而死，到泉下去陪郭太祖哭了。赵匡胤又带着他的人马马不停蹄地去镇压李重进。这一次，赵光义仍然作为留守，而他的身份改成了大内都部署，加同平章事，行开封府尹，再兼中书令。在这一大堆官职中，赵光义有了一份重要的实际工作，那就是开封府尹。

开封府，是后梁、后晋、后汉和后周四朝的首都，也是宋朝开国的根据地。自五代以来，凡属皇族担任开封府尹这一职务，就预示着有继承皇位的可能性。从赵匡胤的这番安排来看，他确实对赵光义充分信任，并且也有将赵光义作为继承人的想法。

李重进在赵匡胤迅雷不及掩耳的打击之下很快也精神崩溃，步李筠的后尘，而且他做得更绝——举家自焚而亡。而赵光义呢，从此开始了长达 16 年的开封府尹生涯。

7

一个皇帝的亲弟弟在首都这块地界做了 16 年的最高长官，想要不形成自己的势力都难！赵匡胤当年有“义社十兄弟”的班底，现在他赵光义也有了自己的班底。在赵光义的心中，一直以唐太宗李世民为自己的榜样，想当年李世民为秦王时，秦王府人才济济蔚为大观。现在他虽然还没有开府称王，但开封府就是他的根基。于是，一大批幕僚将校聚集在他的府下。他们有的以文学见长，有的会经济财用，有的精通吏治，有的畅晓军事，当然也不乏一些武艺高强的亡命死士。《宋史》上有名有姓的记载至少有66人：

“傅思让者，冀州信都人。少无赖，有勇力，善骑射。太宗居晋邸，补亲事都校。”

“李斌者，青州人。太宗在晋邸，闻其状貌魁伟，召置左右。”

“郭密者，贝州经城人，躯干雄伟，膂力绝人……隶晋王帐下，给事左右。”

……

当时的文人陶谷在《清异录》里描写过赵光义出行时的景象：“本朝以亲王尹开封，谓之‘判南衙’。羽仪散从，灿如图画，京师人叹曰：‘好一条软绣天街’。”

而赵光义本人对16年的开封府生涯也颇为自得。他曾说：“我担任开封府尹十六年，对于民间的稼穑艰难、君子小人的真诚虚伪，没有不熟悉的。”

不知道赵匡胤对弟弟的行为有没有引起警惕，但有一个人已经敏锐地察觉到动向并且开始有意识地压制赵光义。

这个人就是赵氏兄弟最亲近的幕僚赵普。

赵普是幽州蓟县人，也就是今天的天津蓟县，他小的时候就随父亲搬家到了洛阳。说赵普是一个文人，其实充其量也只是一个半吊子的文人。史书上记载，他少年时期读过书，但是不能潜心学问，所以与科举无缘。但他对“吏事”倒是十分热衷，也就是钻研官场门道，热心于做一个公务员。赵普读书虽少，智谋却相当多，他在那个时代应该算是一个难得的实用型人才。

赵匡胤在后周做官时，赵普当了他的机要秘书，当时叫掌书记。跟所有的秘书一样，赵普伺候长官无微不至。赵匡胤的老爸生病了，赵普没日没夜地煎药递水在病床前服侍，搞得赵匡胤的老妈都很感动。因为大家都姓赵，赵匡胤、赵光义也就把他当兄弟看待。赵氏兄弟的母亲杜氏，也就是后来的杜太后，常要赵光义多与赵普亲近。每逢赵光义外出时，杜氏常常告诫他要跟赵普一起才行。

从陈桥兵变到开创宋朝，赵普和赵光义二人就是最主要的幕后策划者，一直到宋初制度的设计上，赵氏兄弟和赵普也都是有商有量的。据说，杯酒释兵权的动议就来自赵普。当时，赵匡胤很想让他的铁哥们符彦卿掌管禁军，赵普认为要吸取五代时期的教训，坚决不能让这些大将掌握军权。赵匡胤开始还没当回事，说："我这么厚待符彦卿，他怎么会辜负我呢？"赵普立马回应说："那你怎么就辜负周世宗了呢？"意思是：周世宗以前也很厚待你，你怎么就从他老婆孩子手中抢了天下呢？——这话说得很不客气，也只有赵普能说。前面已经说过，赵匡胤是把他当自己兄弟看的，兄弟之间可以无话不说。赵匡胤听了赵普的话，才恍然大悟。此后，宋太祖加强中央集权、以文治代替武功等的政策，据说都是出自赵普的设计。

宋真宗时的宰相丁谓所写的《谈录》中讲述的是另外一个版本：一天，已经做了宰相的赵普对宋太祖说："石守信、王审琦等人不能再让他们领兵了。"石守信、王审琦原来和赵匡胤一样都是后周的军官，一帮人意气相投结成了铁哥们儿，号称"义社十兄弟"。在赵匡胤陈桥兵变时，就是这两位在开封城内掌管禁军的好兄弟里应外合，毫不抵抗地打开了开封城门，迎接赵匡胤进城做了皇帝的。宋太祖当然有些不以为意，问道："难道这二人会造反吗？"赵普回答："这二人肯定不会造反。我仔细考察过他们的才能，担心他们不能制服下属。如果下属将官要造反的话，他们也会身不由己。"太祖还是不太相信，说："这两个人受国家如此重用和厚恩，难道还会有负于我？"赵普接下来的话就不客气了："你受周世宗的重用和厚恩，怎么还要从他的孤儿寡母手中抢得天下呢？"——赵普当时的原话当然没有这么直接，但意思就是这个意思。宋太祖顿时如醍醐灌顶，恍然大悟！于是，就听从了赵普的建议。

当然，丁谓的《谈录》里并没有戏剧性的"杯酒释兵权"的故事发生，但赵普在这件事上所起的作用却是关键性的。

赵普的角色有点像今天的职业经理人。作为一个CEO，他在宋太祖当政的时候，是全心全意替宋太祖这个董事长着想的，他的建议全是出于对历史经验的分析。

唐朝末年爆发了黄巢起义，一批职业军人借着镇压起义登上了历史舞台，形成一个一个以"节度使"名义割据一方的藩镇势力，直接导致了五代十国的纷乱局面。这些武将，甚至是武将手下的兵士，都非常蛮横跋扈。唐朝晚期，每当有节度使死去，唐朝皇帝就会派使者到军中去观察军情，然后授命军中将士推举的人做新的节度使。如若不然，由朝廷派去的节度使往往被军士们杀害，而且这支军队也会因此而叛乱。到了五代，这种风气愈演愈烈，军士们杀害一名主帅，再推举一名主帅，有时甚至视同儿戏。这也可以说是一报还一报：那些藩镇节度使本身蔑视朝廷，而他们自己却也被军士挟制。史书上把这种现象称之为："兵骄而逐帅，帅强而叛上。”

举一个例子，发生在后唐时期：当时有一群军士想要作乱，就劫持拥戴一位姓杨的将军做他们的主帅。杨将军不肯听从，这帮军士就将他一刀结果了，又去推举一位平时人缘不错的小校，也就是连、排级的低级军官做主帅。那个小校也不敢做，又被杀了。然后，这群军士就来到一位叫赵在礼的将军面前，把两颗血淋淋的人头往老赵面前一扔，说你看着办吧！老赵不得已，就这样被簇拥着当了叛军的主帅。这样的主帅，当然是个受制于人的傀儡。那么，军士们又为什么爱搞这套拥戴他人的把戏呢？说到底，事成了，大家升官发财；事败了，有冤大头扛着。其实全出于私心。

不仅如此，武人擅行废立、拥人为帝的事，也就是说擅自决定谁做皇帝、随便拥戴一个人号称真命天子的事情也经常发生。当时的大军阀安重荣说过一句流传很广并为人们普遍接受的话：“今世天子，兵强马壮则为之耳。”

甚至于像陈桥兵变、黄袍加身这样的事，其实在五代时期也并不是赵匡胤的独家大戏。在他之前至少已经上演过三次：一次是后唐明宗李嗣源，一次是后唐废帝李从珂，一次是后周太祖郭威。最后一次郭威的上台，连细节都跟赵匡胤那一次一模一样，也是军士们扯块黄袍子往他身上一裹。可以说，宋太祖赵匡胤的黄袍加身，整个儿就是郭威黄袍加身的翻版。那么，既然自己是“复制”了人家的行为，赵匡胤当然要担心也有后来的人“复制”自己了。所以，他下决心要给这台机器来一次“清内存”，重新设置程序了。

赵匡胤本人就是武将出身。按理说，从惺惺相惜的角度，他不至于对武将们做得太绝。但是赵普不同，他纯粹从有利于新兴政权的角度去考虑问题、设计制度。在这方面，赵光义一开始跟赵普是完全意见一致的。事实上，他们两个也是大宋朝建立和巩固的主要策划人。

所以，赵光义和赵普的关系一直不错。事实上，赵氏兄弟跟赵普的关系都不错。他们经常在一起串门，赵匡胤当了皇帝后还喜欢去赵普家串门。甚至有一次在下雪天，太祖还约了赵光义一起到赵普家里来吃烧烤。赵普一点准备都没有，只好叫老婆亲自替他们烧炭烤肉，而太祖也亲切地称他老婆为嫂子，感觉就像一家子似的。

但事情是会起变化的。

当赵普担任宰相、赵光义担任开封府尹后，两个人之间的关系就开始冷淡，甚至转为敌对。

这当中自然有争权夺利的因素，但更深层的原因是赵普明确反对赵匡胤试图将弟弟作为继承人的想法。《建隆遗事》第十一章记载，赵普在太祖死的前一天，还曾对太祖说："陛下艰难创业，卒至升平，自有圣子当受命，未可议及昆弟也。"后来，赵光义已经当了皇帝，他就"兄终弟及"的继承问题询问赵普时，赵普一不留神把自己的真实想法暴露了出来。赵普说："太祖已经错了，陛下怎么能再错呢?"——可见，赵普从内心深处是反对赵光义继位的。

有意思的是，在赵普担任宰相的时候，赵光义一直未得封王，朝会的班次也在宰相之下。对赵普来说，他既要防石守信、王审琦等一班宿将，也要防赵光义这样新崛起的势力，这是他忠于太祖的职责。

对于赵普的有意压制，赵光义当然心里憋气，而更叫他恼火的是，他手下的人见赵普权势炙热，居然也有动摇的。开封府推官宋琪就是这么一位。

推官是唐朝开始设置的一种官名，节度使、观察使等下属设一员，主要执掌推勾狱讼之事，地位仅次于判官、掌书记。这个宋琪言辞诙谐，思维敏捷，也精通吏治。赵光义对他十分器重，对他的礼遇也超过常人，让他担任开封府的最高司法长官。但当赵光义知道宋琪与宰相赵普交往密切，经常出入赵普的门下时，便对宋琪心生厌恶，很快将他逐出了开封。

后来，赵普与赵光义的矛盾便有些公开化了。赵光义这边指责赵普贪腐弄权；而赵普呢，也毫不客气。赵光义的一个幕僚姚恕犯了法，就被赵普坚决地杀掉了。

关于赵普贪腐弄权的消息，宋太祖也有耳闻，但一直没有坐实。有一次，太祖又去赵普家串门，正好有吴越国的钱王派人给赵普送来十瓶东西，说是当地的海货土特产。宋太祖来得突然，赵普甚至来不及将东西遮掩一下。宋太祖眼睛很尖，马上看到了这十个大瓶子，问是什么。赵普只得说是钱王赠送的海产品。宋太祖跟他随便惯了，当即就说："海货肯定不错，打开我们吃了！"结果一打开，还真没法吃——哪里是什么海货土特产？里面装的全是金子！赵普这下可吓坏了，还没受贿就被皇帝抓个正着？他只得连忙趴在地上谢罪求饶，并且再三申明："我还没打开过，真不知道里面是什么。"宋太祖叹息了一声，说："你收下也无妨！他们这些人还真以为国家大事都是由你这个书生说了算呢。"

这十个瓶子真的害了赵普。从此，宋太祖对他的宠信就打了折扣。很快，太祖又提拔了另一个叫卢多逊的人当了副宰相。到了太祖的晚年，赵普基本上就靠边站了。

宋太祖开宝六年（公元973年）八月，当了十年宰相的赵普终于被罢相，出任河阳三城节度使。据说赵普在被罢相贬出朝廷时，还专门给宋太祖上书，解释说自己并没有“轻议皇弟开封尹”。但这种“此地无银三百两”的辩解，却恰恰从反面证明了赵普罢相与赵光义之间的关系。

九月，赵光义被封为晋王，并且明确规定：晋王班次在宰相之上。

从这样的安排来看，似乎宋太祖在赵普与赵光义的斗争中做出了倾向于弟弟的选择。但明代史学家王夫之著《宋论》却认为：到了太祖晚年，赵光义羽翼丰满，威望日隆。太祖担心他要影响到自己儿子德昭的皇位继承，赵普便向太祖献上计策。这事儿本来进行得很保密，但却被赵普的政敌、副宰相卢多逊发现。太祖不忍心加害弟弟，不得已只好罢黜赵普。

这样看来，赵普不仅是与赵光义明里争权的牺牲者，事实上也是赵氏兄弟暗中争权的一个牺牲者。不过，赵普这样的人可不甘心永远当一个牺牲者，他会有自己一整套的翻盘打算。这当然是后话了，我们在下面的章节中自会详述。

现在，本书的主人公赵光义已经成了一人之下、万人之上的大宋亲王，而他的晋王府也俨然是一个候补朝廷了。对赵光义来说，这样的局面，方不负陈桥兵变的一番苦心设计。

第二章
烛影斧声，一桩谋杀案的刑侦推理

1

公元976年农历十月十九日的深夜，宋朝历史上的一桩惊天大案发生了：宋朝的开国皇帝、太祖赵匡胤居然在皇宫里被人谋杀了！

这桩惊天大案从理论上讲至今未破，跟现代的肯尼迪被刺、戴安娜之死一样，恐怕永远也不会有水落石出的一天了。因为它牵涉的面太广、牵涉到的人太敏感，难免影响到案件的深入侦破。但从事实上来说，在南宋孝宗朝的时候，这个案子实际上已经破了。

那么，这个惊天大案究竟牵涉到谁呢？为什么说，在事实上它已经破了呢？

说出来吓人一跳：这桩谋杀案的最大嫌疑人居然是继

任的皇帝、赵匡胤的弟弟赵光义，也就是我们本书的主角宋太宗。

说赵光义是最大嫌疑人倒不仅仅是根据“谁犯罪，谁受益”的犯罪动机推断。事实上，这个案情的经过已经被详细记录在南宋孝宗时期李焘所著的官修史书《续资治通鉴长编》里面了，所以我们断言，在南宋时期，这个案子其实已经破了。

这个案情的经过，历史上有一个著名的说法，叫作“烛影斧声”。现在，就让我们跟随着李焘的笔触进入一千多年前的宋朝皇宫，去亲眼见证这桩谋杀案的经过：

公元976年的第一场雪，来得比以往时候更早一些。到了十月十九日，开封城里就飘飘扬扬地下起一场大雪。

说来也奇怪，大宋朝初年的历史似乎总是跟大雪联系在一起：陈桥兵变是在大雪之后，烛影斧声也是在一场大雪之后。

当天夜里，宋太祖赵匡胤在他的寝宫——也就是卧室，因为皇帝的卧室很豪华，是一个宫殿的建筑，所以叫寝宫——召见自己的弟弟、被封为晋王的赵光义，两人一边饮酒一边商议着什么。谈话的声音很低，门外听不清楚。过了一会儿，晋王出门来，挥手叫内侍们都远远地退到寝门之外去候着。大家不敢违命，只好远远地站着，注视着门内的动静。宫内挂着青布制成的门帘窗帘——宋太祖这个人特别节约，宫内的门帘窗帘一律不让用绫罗绸缎，只准用青布。透过厚实的青布门帘远望过去，里面的情景朦朦胧胧、看不大清，只看到红烛高照、摇摇曳曳。不久，谈话的声音渐渐响了起来，似乎有什么争执。借着烛影摇动，远远站立着的内侍们依稀看到晋王赵光义频频起身，似乎有什么谦让逊谢的动作。而赵匡胤用柱斧戳地，大声对晋王说："好做！好做！"（"好自为之！""好自为之！"或者是"你干的好事！""你干的好事！"）这以后，里面久无声息。

晋王离开之后，将要到五更的时候，内侍们发现他们的皇帝已经目闭口张，离奇地驾崩了，年仅五十岁。他们赶紧去报告皇后。赵匡胤的皇后姓宋，她得知消息后立即派宦官头领、内侍都知王继恩去召赵匡胤的小儿子赵德芳进宫。

赵匡胤有四个儿子，长子与第三个儿子很小的时候就夭折了，次子德昭此时已经26岁，小儿子德芳也已经18岁。这两个人都不是宋皇后所生，而是前面的皇后生的。那么，宋皇后此时为什么不召年长的德昭或者其他人，而是立刻想到了德芳呢？是不是她有什么个人的想法呢？

我们遍查史料，找不到任何宋皇后弄权的记载。这位宋皇后是赵匡胤的第三任皇后，此时的年龄也就二十来岁，从来没有什么政治主见，在朝中也没有任何的亲信和势力。这样一个文弱女子，猝临大变，自然是没有易储——也就是改变接班人的胆量的。那么，唯一可以解释宋皇后独召德芳的原因就是：赵匡胤生前虽然没有正式确立继承人，但他真正想传位的就是赵德芳。作为赵匡胤的枕边之人，宋皇后不可能听不到一点枕头风的消息，所以她比任何人都了解皇帝的心思。危机一来，她本能地想要执行丈夫的遗愿。

然而，让宋皇后意想不到的是，过了不一会儿，王继恩领着一个人来了，不是赵德芳，而是赵匡胤的兄弟、晋王赵光义。宋皇后一见赵光义，当然是大吃一惊，她没想到王继恩居然敢违抗懿旨、自作主张。但事情已经到了这个地步，她也无能为力，只得说："我母子之命，皆托付于官家！""官家"这个称呼，是当时的臣民，特别是宫内的人对皇帝的称呼。赵光义的反应呢？似乎一点也不谦逊，俨然以继任皇帝的身份安慰宋皇后说："共保富贵，不必担忧。"

2

这就是李焘记载的“烛影斧声”的全部经过。那么你也许要问，李焘作为一个南宋人，怎么能知道一百多年前的许多细节？

当然，作为一名史官，李焘撰写史书、选用史料也是有出处的。“烛影斧声”的故事最早记载于宋仁宗年间一个叫文莹的和尚所写的一部叫《续湘山野录》的书里。后来，以治史严谨著称的司马光在他的《涑水纪闻》里也记载了这一事件。

根据文莹和尚的《续湘山野录》中的记载，这桩谋杀案几乎是很早就被预见的。

文莹的书中说：宋太祖还没当皇帝时就认识了一个道士，这个道士连姓名都没个准儿，一会儿叫“混沌”，一会儿又叫“真无”。这个道士却很厉害，不仅能随手变出金子来，还准确地预言了赵匡胤黄袍加身做皇帝的事，赵匡胤对他非常迷信。可惜的是，赵匡胤当上皇帝后这个人就失踪了。直到赵匡胤临死的那一年，这个道士又突然出现。赵匡胤就问他：我还能活多久？道士回答：今年十月二十日的夜里，如果天气晴好，那么你还可以再活 12 年；如果是阴天，那你就得做好准备了。意思是如果阴天，赵匡胤就必死无疑了。说完这番预言，此人就再次玩起了人间蒸发。

赵匡胤牢牢记着这些话，到了这一天晚上，他独自登上阁楼四面遥望，只见天晴气朗，星斗灿烂。他刚刚有些高兴，却不料阴霾四起，天气陡变，片刻之间，大雪夹着冰雹从天而降。赵匡胤心情忧郁地下了阁楼，传旨召来自己的弟弟赵光义。两个人进了内室，让所有的太监宫女和侍卫都远远地离开，然后他们开始喝酒谈话。

守在外面的人只能远远地看到，蜡烛的影子在不停地摇晃，赵光义不时离席站起，向后退缩，像是在慌张地躲避着什么。到了三更天，大殿外的积雪已经有数寸之厚，两兄弟走了出来，所有的人都看到赵匡胤拿着一把长斧戳着地上的积雪，回看赵光义说："好做！好做！"

另一本叫《烬余录》的书里，甚至将"烛影斧声"的起因都交代了，说是：后蜀的著名美女花蕊夫人亡国后被宋太祖收为宠姬，赵光义垂涎其美色，趁太祖酒酣入睡，乘机调戏花蕊夫人。太祖蒙眬间发觉而怒斥道："好做！好做！"也就是你干的好事！赵光义自知无法取得兄长的宽宥，也早有抢班夺权的预谋在胸，所以乘机下了毒手。这样的艳情故事当然有些丑化宋太宗的意味，而且套路也太过熟悉——

小说演义里隋炀帝就是这么干的，所以这个记载未可取信。

3

作为一个史官，李焘在选用这些材料的时候是要经过严格的甄别和核实的，而且他的这部《续资治通鉴长编》还由宋孝宗亲自审阅过一遍，因此可以认为已经得到了南宋王朝官方的认可。

那么，宋孝宗为什么有意要让这桩发生在皇室的谋杀案通过这样的方式流传后世呢？当时，为什么没有公开宣布解密和破案呢？

这里面自有它的隐情，也就是说宋孝宗有不得已的苦衷。

北宋从第二任的太宗起，后面的皇帝都是赵光义的后代了，赵匡胤的子孙与皇位绝了缘。到了南宋，风水轮流转了——南宋高宗赵构的唯一儿子早年在一场兵变中受惊吓夭折了，赵构也失去了生育能力，而且赵光义一脉的后世子孙也大多被金兵俘虏，几乎一网打尽。绍兴年间，民间就有传说，说天下大乱、金兵掳走徽钦二帝，实为冥冥之中的报应。在一本叫《呻吟语》的书中，甚至还记载了这样一个故事：宋朝与金国联合灭掉辽国之后有过一段蜜月期。就在蜜月期当中，金主完颜阿骨打突然死了，他的弟弟完颜吴乞买继位，宋朝当然要派使者前去祝贺。然而，诡异的事情发生了——宋朝的使者见到新的金国皇帝吴乞买，顿时吓得魂飞魄散！倒不是吴乞买长着两个脑袋、三条胳膊，而是这位完颜吴乞买一点都不像完颜家的兄弟。不像完颜家兄弟也就罢了，问题是他却太像一个人了！

像谁呢？像大宋朝的开国皇帝赵匡胤！那眉毛、鼻子、嘴巴，简直像是一个模子里刻出来的。宋朝的使者是见过宋太祖的画像的，居然有这样诡异的事情！像，真是太像了！完全是宋太祖的克隆版！

那位可怜的使者猛掐自己的大腿才算清醒过来，他搞不明白自己的太祖皇帝在死了两百年后怎么又不甘寂寞地回来了？而且还跑到大金国来当皇帝了。

白纸黑字，书上就记载着这件咄咄怪事。

过了几年，金国与宋朝翻了脸，彻底断绝外交关系，大举南下入侵。有人想起这件事情，就散布谣言说：是宋太祖的“化身”要回来跟宋太宗的后人清算血债，讨还江山了。

这些传闻，宋高宗赵构一定也有听说，自己实在生不出儿子，再加上隆祐太后“尝感异梦，密为高宗言之，高宗大悟”，便收养了赵匡胤的七世孙赵伯琮养在宫中，这便是后来的宋孝宗。所以，宋孝宗是赵匡胤的后裔。他自小长在宫中，对于许多宫廷旧闻，都有所耳闻。对于祖宗们的恩怨也必然心中有数。他不想让赵光义一手遮天，篡改历史，也不忍自己的祖上一直蒙受不白之冤，这应该是人之常情了；但同时他又不能太过直白地指斥宋朝的第二任皇帝是个谋杀者，毕竟这样会引起社会的轩然大波。自赵光义杀兄夺位到宋孝宗即位，时间已经过去了 186 年，皇帝已经传了整整九代。如果宋皇朝从第二代皇帝算起就是非法的，那不就动摇了宋朝皇室在法统上的合法性吗？所以，他只得采取这样曲折的办法来含蓄地披露部分真相。

据说，李焘的书出来后，在南宋朝廷里还是引起了轩然大波。一些臣僚看到李焘的书后，群起而攻之，要求孝宗治李焘的罪。可宋孝宗非但不予理睬，还亲自替李焘的书作了序，定了名，算是给李焘撑足了腰。

当然，在李焘的书中，并没有明说赵光义杀害了宋太祖，也没有交代赵匡胤究竟死于什么，只是叙述了内侍们看到和听到的“烛影斧声”。那么，会不会是宋太祖自己得什么急病死了呢？

根据相关的史料记载，如果为宋太祖开列一张开宝九年的活动日程表，就可以发现他当时精力非常充沛，频繁地出巡各地：幸西京（洛阳）、次巩县、祭安陵……这位武将出身的皇帝，身体素质好得不得了，吃嘛嘛香，身体倍儿棒。那段时间，皇帝的起居录中从未有太祖生病的记录。所以，赵匡胤的暴卒，显然不是因为生病。

那么，赵匡胤究竟是怎么死的呢？烛影斧声，顾名思义，是不是赵光义用大斧子砍死了兄长呢？

我们注意到前面所说的赵匡胤用柱斧戳地这个细节。那么柱斧是一样什么东西呢？是不是一般可以作为凶器的斧头呢？

其实，柱斧只是一种玉做的文房玩具，有点类似于玉如意，可以用来裁纸、镇纸或者比比画画什么的，但绝对做不了凶器。赵匡胤似乎很喜欢用柱斧这种文房玩具。在昆明大观楼上那副中国最长的对联中，就有“唐标铁柱，宋挥玉斧”这样的说法，说的是这样一个典故：宋朝开国之初，大将王全斌平定了后蜀，将四川地图献给宋太祖。宋太祖用柱斧沿着地图上的大渡河比画了一条线，说：“这条线以外的疆土，不是我的了！”这说明太祖这个皇帝不贪心，知道与民生息，让老百姓过安生日子，并不是穷兵黩武的；同时也说明柱斧这个东西，不是用来砍人的大斧。所以，赵光义夺过柱斧杀害兄长的推断不能成立，而且用斧子杀人也太明显，让人一看即知是谋杀了。

那么，问题可能就出在酒上了。是不是赵匡胤饮酒过度而引起的猝死呢？史书上记载，赵匡胤老是喜欢用“巨觥”跟人喝酒或劝人喝酒，感觉好像确实有些嗜酒。但另一方面，史书又记载，太祖曾不止一次地说过“沉溺于酒，何以为人”这样的话。看来，赵匡胤用巨杯喝酒，那是因为他酒量好，而在总体上，他饮酒还是有所克制的。所以，饮酒过度而猝死的可能性基本也可以排除。但是，问题只能出在酒上了，因此我们推测：这酒不是一般的酒，而是毒酒。

在文莹的记载中，拿斧头的不是赵光义而是赵匡胤；从赵匡胤用斧戳地和大声说话来看，他们两人之间似乎发生了激烈的争执。那么，太祖最后说的“你干得好”又是什么意思呢？是不是发现了酒有问题后，他踉踉跄跄地用斧头支撑着，连声指责凶手：“你干的好事？你干的好事？”

如果是毒酒，那么又是谁向赵光义提供的毒药呢？另外一本叫《汜水纪闻》的书里，隐约其词地把一个医官程德玄推上了前台。这位医官在太宗当皇帝后十分受宠，以至于很多大臣都要投在他的门下。《续资治通鉴长编》卷三十二记载："程德玄攀附至近列，上颇信任之，众多趋其门。"一个医生会受到皇帝如此宠幸，很可能是他用相关医术帮助赵光义取得了皇位。而且，这个人当天的行迹也颇为可疑，因为当晚的毒药是他配制的，所以他急于知道结果，于是他在赵光义就职的开封府门口彻夜长坐，等候着宫中的消息。

当然，程德玄不可能亲自下毒，他没有这个机会。下毒的人选有两个：王继恩和赵光义。作为宦官首领、内侍都知，王继恩要想下毒那是再方便不过了；至于赵光义，在屏退左右、两人对酌时也总有机会下这个毒。所以，这个已经不是最重要的了。

4

现在的问题是赵光义当天晚上与宋太祖喝酒之后到底去了哪里？史书上有两种不同的记载，一种认为他当晚就宿于宫中。太祖驾崩后，他第一时间赶到现场，并迅速在宫中即位。文莹的书里就是这么说的，南宋的史官也多持这种说辞。另一种说法则见于北宋的史学家。

北宋司马光的《涑水纪闻》对皇宫里发生的一切，包括烛影斧声之类的事件只字不提。在他的笔下，赵光义当晚也没有在皇宫里，而是老老实实地一直待在自己主政的开封府里。直到次日凌晨，一个叫王继恩的太监来找他。

司马光是这样叙述这件事的：

赵匡胤死后，他的皇后宋氏命令太监王继恩去召赵匡胤的儿子、秦王赵德芳，也就是后来民间传说中的那个“八贤王”进宫。但这位姓王的太监却自作主张，以为太祖一直打算传位给弟弟赵光义，所以竟不去宣赵德芳，而直接去开封府宣召赵光义进宫。就在开封府门前，王继恩遇到了一直坐在门口的程德玄，两人还有一段非常有意思的对话。

王继恩：“你怎么在这里？”

程德玄：“我住在信陵坊，深夜听到有人大声喊我，说是晋王召我，出来一看却没有人。这样连续好几次，我怕晋王有病，就赶来了。你又是为什么深夜从宫中跑来这儿呢？”

于是，王继恩把宫里发生的事情跟程德玄讲了，两人共同入见赵光义。

笔者为什么说这段对话有意思呢？因为它透露了几层信息：

首先，王继恩认识程德玄。王继恩是宫中的大内总管，而程德玄只是一个小小的晋王府医官，而且按规定内侍是不得擅自结交外臣的，他们之间怎么会认识？尽管司马光的记载是想排除他们事先合谋并知情的嫌疑，但这两人的相识本身就是一件很可疑的事。

其次，程德玄说有人叫他，但又不知是谁。且不说是真是假，他既然担心晋王有病而赶来，那么就应该叩门进府才对，坐在门外算什么？感觉他更像是专门在等王继恩。

第三，程德玄问王继恩所来为何，王继恩就把宫中发生的事如实相告，这又是司马光为了排除他们事先知情而作的铺垫。但问题是，有关皇帝崩殂这么机密的国家大事，王继恩这么老练的大内总管会随便告诉一个不相干的小小医官吗？如果他是不相干的话。

所以，这段对话里其实疑点重重，甚至有些欲盖弥彰的味道。

好了，按司马光的记载，他们两个人一同进去见赵光义了。

而赵光义呢？当天也还没睡觉，从宫中喝了酒回来，他居然是读书读到了凌晨，这样的好学估计也只有秉烛读春秋的关公可以媲美了。

赵光义听了王继恩的报告后，还犹豫着说要跟家人商量一下。赵光义及其后代都有遇事犹豫的毛病，我们在后面的《宋真宗》《宋仁宗》书中也会讲到，这实在是一个有着强烈遗传性质的性格特征。至于此时的赵光义为什么犹豫，当然也好理解。谋杀案进行到这里毕竟还有许多未知的因素：宋皇后让王继恩召德芳，是不是她手中拿着太祖的遗诏？如果太祖白纸黑字有遗诏要立德芳，那自己怎么办？更有甚者，赵匡胤是不是真的死了？会不会是阴谋败露，王继恩倒戈帮他们来骗自己进宫？这里的犹豫更多掺杂着害怕的成分。

他这一进去好长时间不出来，王继恩可急了，冲着里面直喊："再迟可就被别人抢走了！"——王继恩是担心自己长时间未回，宋皇后又派其他人去召德芳了。

事已至此，也只能勇往直前了！赵光义听到王继恩这一喊，总算下定了决心。

这么着，赵光义才出来，三个人一起踏着大雪，步行入宫。

不知道王继恩何以有这样的胆子违背宋皇后的命令而自作主张？唯一的解释是，他们原本就是一伙！

到达宫门，王继恩让赵光义先在值班房等候，自己好去通报。但程德玄却说："还通报什么！直接进去！"于是，三个人直接闯进了大内。

宋皇后听到王继恩的声音，便问道："德芳来了？"王继恩答道："晋王（赵光义）来了。"

宋皇后在宫里左等右等，儿子不来，却来了兄弟赵光义，她的第一反应是很吃惊，"愕然失色"，然后她马上自认服输，对赵光义说："我们母子的性命都交给官家了。"赵光义也流着泪回答道："共保富贵，别怕，别怕。"第二天，赵光义即皇帝位，是为宋太宗。

司马光的叙事突出了两个重点：一是撇清了赵光义当晚就留宿在皇宫内的说法，说他一直在自己的开封府里，这也就有了"不在场的证明"；二是把进宫说成是太监王继恩的自作主张，"继恩以太祖传国晋王之志素定"——借王继恩脑袋里转的念头，说出了太祖一直想把皇位传给弟弟的想法。但王继恩既然知道"太祖传国晋王之志素定"，又怎么会向赵光义喊"再迟可就被别人抢走了"呢？这份记载闪烁其词，故事离奇却经不起推敲，似乎当天晚上是在举行跑步比赛：谁先到，谁先得皇位。当然了，这样的记载，其实也在字里行间透露出了这次皇位交接的不同寻常。

而到了南宋的史学家李焘手上，他对所有的版本去芜存菁，重点关注晋王赵光义、太监王继恩和医官程德玄在当天的全部活动记录，终于侦破了一个谋杀皇帝的阴谋集团，使得本案水落石出。李焘的《续资治通鉴长编》基本采纳了文莹和尚的说法，并且暗示了赵光义下毒杀兄。

我们有必要郑重地交代一下：前面提到的赵光义的心腹程德玄就是一位非常擅长下毒的医官。史书上记载，这个人性情很贪婪，但太宗赵光义对他却十分优待宽厚，以至于很多趋炎附势的人都去走他的关系，投到他的门下。一个无足轻重的医官会受到太宗皇帝如此宠遇，很可能是他用医术帮助赵光义取得了帝位，或者，我们猜测得更明确一点：烛影斧声的当晚，就是由他配制了毒药，赵光义拿去下的毒。

考察宋太宗赵光义的为人，他也的确擅长用毒酒害人：南唐后主李煜是被赵光义酒里下毒毒死的；后蜀降王孟昶，也就是花蕊夫人的丈夫也是因此而暴毙的；吴越国主钱俶是在生日那天，太宗遣使赐宴，当晚就暴亡了的。

北宋末年宰相蔡京的儿子蔡絛所著的《铁围山丛谈》还揭示了一个耸人听闻的情报：在开封的大内皇宫中居然有一个专门储藏毒药的仓库。这个仓库没有名号，通常称之为“苑东门库”，里面藏的毒药都是“二广、川、蜀每三岁一贡”，药有七等，其中我们熟知的鸠药还只能排在第三等，“其上者鼻嗅之立死”。

这个毒药库的始作俑者是不是赵光义呢？蔡絛的书里

没有交代，只说是从前就传下来的。但我们知道，赵光义和程德玄都和这个“毒”字有些干系。

不仅如此，据说这个程德玄用毒的技巧还十分高超，可以预知受害人什么时候毒性发作。所以太宗及其亲信是预先知道政变登基的时间的。前面说到王继恩赶来时，程德玄已经等候在门口，包括赵光义也不睡觉，坐在灯下看书，其实都是在等着宫内的消息。

《宋史·马韶传》里还透露出一个重要的证据：这个叫马韶的人与程德玄十分要好，他私自学习观察天文星象。开宝九年十月十九日，也就是烛影斧声的前一天，他跑去见程德玄，对程德玄说：“我夜观星象，明日乃晋王利见之辰。”——明天是赵光义的好日子！程德玄连忙报告了赵光义，赵光义下令将马韶看管起来，直到赵光义登基后才将马韶放出来，并且很快授予他司天监主簿的官职，让他做了专职的天文星象官员。这条证据从一个侧面说明了程德玄也完全预知即将发生的政变，他和赵光义担心被马韶泄露了机密，所以才要将他暂时看管起来。

5

以上是对这起谋杀案的刑侦推理。

通过以上的案情分析，我们可以看出太宗及其同党们的行为确实存在着许多难以解释的疑点。太宗即位后，也有很多蛛丝马迹更加耐人寻味。

宋太宗是十月二十一日在长春殿即位的，第二天就宣布改年号，改太祖的开宝九年为他自己的太平兴国元年。按照中国历史上的传统，皇帝继位，出于对前任皇帝的承认和尊重，一般当年是不改年号的，更何况此时已经是十月下旬，接近年底了。太宗这么急于改年号，急到还有几天都等不及的地步，后人估计是出于心虚理亏而干出的傻事。而且，这个“太平兴国”的年号也颇有些讲究。一般来说，皇帝们的年号都是有一定寓意的，那么“太平兴国”的寓意是什么呢？从字面上看，宋太宗好像宣称他自己是“兴国”之天子，想要告诉世人：大宋朝是我说服我哥哥才得以建立的，因此我才是这个国家真正的创建者。后来，他又放出风声说，太祖在世的时候曾对内侍说：“晋王龙行虎步，真乃太平天子，他的福德是我赶不上的。”但这样的说法并无佐证，也从来没听说过一位天子尚在位就称呼别人为天子的。

所以，“太平兴国”也就是赵光义的自说自话。

除了忙不迭地改年号外，宋太宗登基没几天还急急忙忙地下令：“令诸州大索知天文术数人送阙下，匿者论死。”——全国禁止传习天文星象、阴阳卜相，有想在这方面自学成才的一律斩首。并且通知各地官府，将全国原本已经学过天文星相的术士全部送到京城来甄别。把其中六十余人留在司天监，由马韶负责管理；其余近三百人全部发配沙门岛。太宗如此迫不及待地处置这些术士，严禁私自学习有关书籍，显然是想禁止不利的舆论和流言的产生与传播。这是否也是他心虚的表现呢？

宋太宗改元之后，照例大赦天下。但是，他这次的大赦却不同寻常；“常赦所不原者咸除之”。也就是说按惯例杀人等重罪是不在大赦之列的，但宋太宗却连这些重犯人都给放了。这是不是一种收买人心的做法呢？

李焘的《续资治通鉴长编》这本著作经南宋的孝宗皇帝亲自审定，也可以说是代表了南宋以后的官方说法。

现在的问题是：嫌犯赵光义的作案动机是什么呢？

在《宋史》的记载中，赵匡胤与赵光义兄弟情深。晋王府地势偏高，用水困难，太祖就派遣工匠去制作了一个大抽水轮，让金水河的水流进晋王府。太祖还在百忙之中，几次亲临施工现场，督促工匠尽快完工；晋王在宫中喝醉了，太祖都会亲自扶他，送他出宫；赵匡胤还曾经亲自为赵光义用艾灸治病，赵光义疼痛难忍，赵匡胤不惜在自己身上做实验。但这样的兄弟情深会不会也是编造的假象呢？

真实的情况是两个人在一些政策上的分歧越来越大。

一方面是赵光义大胆到开始收买禁军的高级军官。田重进是赵匡胤的老部下，当时担任侍卫步军指挥使。赵光义刻意结纳，一开始也不敢明目张胆，就派人送去酒肉试探。田重进拒绝了，赵光义派去的人就对田重进交底说："这是晋王所赐。"田重进正色道："为我谢晋王，我只知道有天子。"——赵光义收买田重进没有得逞，但却从侧面说明他已经染指禁军高层。

而另一方面，赵匡胤这边也有动作了。

就在这一年的二月，吴越国王钱俶来朝觐见，赵匡胤命自己的长子德昭前往接待，这是前所未有的事情，也是一个危险的信号，暗示着赵匡胤准备以德昭为接班人了。

另一个明显的例子是：赵匡胤以开封不易防守为由想要迁都洛阳。这其中一方面是因为赵匡胤出生在洛阳，对洛阳情有独钟；另一方面是不是也是因为赵光义在开封担任府尹长达 16 年，根深蒂固，培植了大批党羽，而赵匡胤想以迁都来动摇赵光义的根基呢？

更加令人惊奇的是：这年的春天，赵匡胤带了不少随从去实地考察洛阳。原来赵匡胤离开京城都是由赵光义留守，但这一次，赵匡胤却坚持赵光义也一同前去，而让自己的儿子赵德昭留守开封。这又是在向世人传递怎样的信息呢？

这些信息，赵光义当然比别人更加敏感地察觉到了，所以他拉了很多人一起来反对迁都。

于是，一场迁都的争议就在洛阳展开。而这场争议其实可以看作是赵匡胤、赵光义两大阵营的一次交锋。

反对迁都者的意见是开封得漕运便利，江淮地区的米粮物资供应有保障，赵匡胤当即反驳：如果开封被围，漕运物资也进不来，后果不堪设想。从一个职业军人的视野出发，太祖敏锐地发现开封虽然位置适中，交通便利，但却无险可守，很容易成为四战之地。所以，他更进一步指出，迁都洛阳也只是权宜之计，从长远考虑应该回到汉唐盛世的长安。

应该说赵匡胤真的是有雄才大略的！后来靖康之耻的悲惨结局就印证了他的担忧。

眼看着太祖皇帝迁都的决心已定，赵光义甩出了最后一句话："在德不在险。"

这句话的出处是司马迁的《史记》。理由说来也很玄乎，说是一个京城牢不牢固在于一个皇朝的德行好不好，而不在于地势的险要。这样的说法当然是没有什么说服力的，但却占据了道德高地，同时也暴露了赵光义在开封培植了个人势力而不愿意离开的真实想法。

太祖听了也只好黯然打消了迁都的念头，但他还是留下了一句预言："百年之后，天下民力将尽敝。"

后来的事实证明，不幸被太祖言中了！赵光义出于一时的私心，终于也遗祸了自己的子孙。而宋太祖因为弟弟的一句话而不得不打消自己酝酿成熟的计划。由此也可见，此时晋王赵光义的势力已经超出了他的掌控。

综上所述，我们可以知道：这两兄弟到后来其实已经出现了尖锐的矛盾，形势迫使赵光义实施他的谋杀计划了。

没有一只鸟会无缘无故地从天空中掉下来，也没有一位皇帝会无缘无故地死掉。

从李焘的《续资治通鉴长编》问世以后，宋太宗谋杀兄长篡夺皇位的史实也被后世主流的史学家所接受。有意思的是，辽国人从第三方的角度观察，也得出了太宗强取皇位的结论，《辽史》上就记载："宋主匡胤殂，弟炅自立。"

赵炅是赵光义当了皇帝后改的名字，而"自立"两字，就道出了非法定继承的实质。

第三章
金匮之盟，赵普的葫芦里卖的什么药？

1

根据上一章的分析，我们可以得出一个基本的结论，那就是：赵光义“烛影斧声”的谋杀罪名成立！但是，皇帝的继承自有一套程序，《周礼》规定的继承路径都是“嫡长子继承”。赵光义搞的“兄终弟及”那一套又怎么自圆其说？怎么样堵住天下人之口呢？这时候，有一个关键人物冒了出来，他就是赵普。

我们前面说过，赵普是一个书吏出身的职业官僚，文化程度不高。所以，当了宰相后，太祖让他多读点书。于是，晚年的赵普一回到家就钻进书房，关上门，专心致志地读起书来。至于他究竟读的什么书，大家也都不知道。直到他死后，家里人整理他的遗物，翻检他的书箱，却只找到了一部《论语》。而且，从翻阅的痕迹来看，看来看去也只看了前面半部。所以，后人就称赵普是“半部《论语》治天下”。

赵普虽然没什么学问，但你可别小看他。他这葫芦里，装的药可多着呢！

陈桥兵变后，赵匡胤黄袍加身回到开封，曾经宣布后周的官员都留用，这中间当然也包括后周的三位宰相范质、王溥、魏仁甫。对赵匡胤来说，本来大家都是同事，抬头不见低头见，关系也不错，自己当了皇帝马上叫人家下岗，这种事情不太做得出。好在三位宰相倒也听话。这么勉强过了一段磨合期，毕竟用着没有自己的人那么顺手。于是，赵匡胤就决定罢免这三位宰相，任命自己的心腹赵普为宰相。然而，因为没有经验，这事做得急了点：赵匡胤已经叫三位宰相都辞职回老家去了，然后再任命赵普。按照今天的干部任命程序来说，一点都没问题。然而，在当时任命宰相是有一套特定程序的，问题就出来了——

根据制度，皇帝的诏命需要得到宰相的副署，也就是共同签名才能真正确认。赵匡胤要任命赵普为宰相，按规定就得其他宰相副署签名，表示举手同意一致通过。然而此刻旧宰相们都已经全体辞职回了老家，一时找不到可以签名的人了。赵匡胤倒是想着变通一下，他对赵普说：“诏书由你自己起草，我签个字任命一下就行了。”但赵普坚决不同意。于是君臣又开会讨论，想办法。总算有人想到唐朝有一个先例，可以让首都市长——也就是当时的开封府尹、皇帝的亲弟弟赵光义来代替签名盖章。赵普这才安安心心、名正言顺地当上了宰相。

这件事看起来赵普好像是有点矫情，有点摆谱的味道。其实不然，赵普虽说文化水平不高，但对于官场的那套组织原则和办事程序还是相当熟悉的。他觉得自己任命自己这种事不能做，被人家笑话还在其次，破坏规章制度，以后的事就不好办，所以一切还得按制度、规章来办。从这件事上可以看出，赵普还确实是有宰相之才的，他那只葫芦里是有点真材好药的。

前面不是说过，赵普是反对赵光义继位的吗？为此，他们两个还斗争得不亦乐乎，最终以赵普失势被贬出京城而告终。那么，赵光义登基当了皇帝，赵普又将如何应对呢？

如果你们以为赵普会像一般人那样惶惶不可终日或者干脆趴在太宗皇帝面前痛哭流涕地认罪、请求原谅，那你们就太小看赵普了。

从我们刚才讲的宰相任命的副署问题可知，赵普的强项就是对组织制度、规章程序的熟悉。所以，他要利用他的强项，从制度层面为宋太宗提供一个合法继承的理论依据。只有这样，他才可以换得与新皇帝的前嫌尽释；也只有这样，他才能重回权力的舞台。

2

赵光义即位之初，赵普即上表请求进京来参加太祖皇帝的入陵葬礼仪式。

对于赵普的这个要求，宋太宗无法拒绝，谁都知道当初赵氏兄弟跟赵普的关系，不让赵普参加太祖的葬礼，于情于理都说不过去。但对这个老对手，赵光义还是没有一点好感，所以他没有委派赵普担任太祖治丧委员会的任何职务，倒是任命宦官首领、内侍都知王继恩当了永昌陵使（永昌陵是宋太祖的陵墓）。葬礼一结束，赵光义顺势罢免了赵普河阳节度使的职务，改授他一个太子太保的虚衔，把他留在京城，在自己的眼皮子底下看管起来。

据《丁晋公谈录》的记载，太宗继位后曾说漏一句话："倘若赵普还在当宰相，朕也不得此位！"赵普对他的妨碍，赵光义铭记在心。后来，他甚至对赵普说："朕几欲诛卿！"我差点就要杀了你！

对于回京之后的这种境遇，赵普应该早就有预料。但是没关系，赵普是个有耐心的人。他还在宰相任上的时候，有一回，他推荐某人做某官，但太祖却不同意，打了回票。赵普第二天又将这份名单报了上来，宋太祖还是不同意。第三天，赵普仍然坚持报名单，把宋太祖给惹毛了，生气地将这份名单撕得粉碎扔在地上。赵普一言不发，将撕碎的纸片一一捡起。第四天，他居然将碎纸拼贴好又递了上去。宋太祖这才终于通过了这个人的任命。

赵普就是这样一个人，不达目的，百折不回。这一回，虽说太宗没给他好脸色看，但赵普对自己的东山再起还是充满信心。因为他的葫芦里有赵光义所需要的一粒药！

赵普是个权力欲很重的人，权力的滋味尝过还怎么丢得掉？他毕竟已经当过十年宰相了！在中国历史上，宰相为百官领袖，处于"一人之下，万人之上"的地位。秦汉时，宰相身份尊贵，皇帝任命宰相称"拜相"；宰相可以佩戴着宝剑上殿，见到皇帝也不必下拜，皇帝反而要起身致意。到了隋唐，群臣朝见，宰相得有座位，皇帝还得给宰相赐茶，与宰相座谈国家大事，即所谓的"三公坐而论道"。宋太祖刚刚即位的时候，宰相在朝堂上也还是有座位的。据说，某一天早朝，宋太祖突然对当时的宰相王溥、范质说：“我眼睛有些昏花，把你们的奏章送上前来，给我说说清楚。”两位宰相从椅子上站起来，走上前去递奏章。而就在他们离座的时候，早已得到指令的宫中内侍乘机将宰相的座位给撤走了。自此以后，宰相便只能站在皇帝面前奏事，宰相的地位由此大大下降。但下降归下降，宰相总归还是官员的领袖、权力的核心。赵普还是留恋，不，应该说觊觎这个位置。

但是，现在的宰相是赵光义身边的红人卢多逊，而你却是赵光义的老对手，你要想扳倒卢多逊复相，有这个可能吗？赵普是不是不自量力啊？

卢多逊当然也是个人物。他原本是宋太祖怕赵普专权而提拔起来当副宰相的，却跟赵光义搞在了一起，最终扳倒了赵普。而且，他当了宰相后数度刁难赵普及其亲属：将赵普的妹夫派到广西边陲，使之战殁边事；赵普的儿子在外地做官，回京完婚，还没度完蜜月就被他催着归任。两人至此，积怨成仇。所以，这个人其实也是赵普刻骨铭心想要报一箭之仇的政敌。

没有永远的朋友，也没有永远的敌人。赵普相信他跟赵光义、卢多逊三人之间的关系就可以用这句话来形容。

3

为了给自己的继位制造一个合法、有序的印象，宋太宗登基不久就让自己的弟弟赵廷美做开封府尹兼中书令，封齐王。这样的做法沿用了太祖时以皇弟尹京的旧制，给人的感觉是宋朝将实行“兄终弟及”的继承制度，廷美已经获得了准皇储的地位。

这当然是赵光义在现阶段的一个权宜之计，但是有人却当真了！

赵廷美当然有了兴致勃勃的感觉。他比太宗小十岁，从接班的梯队来说也有希望。赵廷美最初应该叫赵匡美，避太祖的名讳改叫赵光美，现在又要避太宗的名讳改叫廷美。老是避人家的名讳，他当然也想着成为九五之尊，让全国人民也为他改一回名字，避避他的名讳。

而宰相卢多逊之前因为结交皇弟赵光义而得以发达。现在，尝到甜头的他又想故伎重演，忙着跟“下一任皇帝”搞好关系。

赵光义当然把这一切都看在眼里。抬出廷美来，本来是为自己做个掩护，没想到傻小子却当真了！更有那拎不清爽的人还跟着人家屁股后头乱跑！想当年，自己的亲信幕僚宋琪因为跟赵普走得近了些，光义都要痛下杀手，何况现在自己已经是一言九鼎。太宗皇帝想要给卢多逊示以颜色，他想到了卢多逊的老对手赵普。抬出赵普这位元老重臣，正可以打压一下卢多逊的势力。

于是，闲居在家的赵普终于受到了宋太宗的召见。

关于这次召见的情形，史书上没有太多文字，想必是赵普信誓旦旦表示效忠新皇，但其中有八个字颇有意思：赵普表示“愿备枢轴，以察奸变”。——察谁的“奸变”？不言而喻，他和太宗都心知肚明。

老练的赵普当然知道这次召见只是给了他一个机会，要想彻底翻身，就必须抓住机会，再献上重磅的东西。

于是，赵普开始在朝堂内外讲故事，炮制了一个“金匮之盟”的说法。

根据赵普的说法，杜太后临死的时候曾经将宋太祖、赵光义和他赵普召到身边。杜太后信任赵普是众所周知的，所以，这样的四人会议场景也合情合理。

在太后的寝宫里，杜太后问太祖：“你知道你是怎么得天下的吗？”

太祖性情至孝，已经哽咽不能语，好不容易拿祖宗积德之类的话搪塞了几句。

杜太后显然不满意，叹口气说：“你是从人家孤儿寡母手上抢来的！”

赵氏兄弟和赵普都低垂着头，以为杜太后失心疯了，竟然数落起自家的不是。没想到杜太后还有重要的话在后面：“主少国疑，人心不附！你也要当心你的江山也会重蹈这样的覆辙！所以我今天把你们招来就是说这个事情。你和光义是同胞手足，你百年之后把皇位传给光义，光义再传光美，光美再传给你的儿子德昭，国赖长君。只有这样，才能保证江山永固。”

太祖皇帝哭泣着应承：“儿谨遵教诲。”

于是，杜太后又转向赵普说：“你可将我今天的话记录下来，不可违背！”

赵普说，他当场就将文件起草好，藏在金匮之内。而所谓金匮，也即“金縢之匮”，指用金属制的带子（后来简化成金黄色的丝绳）封存好收藏书契、盟约等重要物品的小柜子，相当于现在的银行保险柜。

根据赵普的说法，在太祖、太宗的母亲杜太后死的时候，曾经立下过遗嘱：要求宋太祖百年之后将皇位传给兄弟，以使国家有一个年长的皇帝，不至于落得个孤儿寡母被人欺负的局面。而他赵普，作为杜太后喜欢并信任的人，当时在场见证并记录了这份遗嘱，并且奉命将遗嘱藏在一个金匣子里，这就是所谓的“金匮之盟”。

这个故事牵涉到的四个人有两个已经作古了，死无对证，太宗光义当然是乐于听到这样的故事的，而赵普所说的金匣子及盟书谁也没见过。当然了，太宗朝的大臣谁也不会犯傻到要求去看一看、验一验。

赵普真是个聪明人啊！太宗一定在心里感叹。有了“金匮之盟”这张王牌，太宗的皇位继承便有了理论依据和制度保障。太宗决定立即召见赵普。

这一次召对的气氛就和谐得多了，双方就以前的敌对行为各自反省检讨，冰释前嫌。太宗为显示自己的真诚和大度，甚至也当面向赵普道歉说：“人谁无故，朕不到五十，已尽知四十九年非。”

赵普这边刚刚辞陛出宫，一道任命诏书已经颁布：赵普重新当了宰相！

4

“金匮之盟”的故事被写入了《宋史·杜太后传》和《续资治通鉴长编》等书。在此后漫长的古代社会中，很少有人怀疑它的真实性，都将其作为宋初皇位继统出现兄终弟及制度的依据。直到清代，古文学家恽敬对它提出了怀疑，认为盟约内容是虚饰之说。近代的学者们进一步对它进行仔细分析，很多人认为此故事是由当时朝廷政治斗争需要而假造的。

张荫麟的《宋太宗继统考实》一文对此分析得最为透彻，指出所谓的“金匮之盟”存在五大不可解释的破绽：

其一，杜太后死时，太祖才35岁，其子德昭已经11岁。虽说“国赖长君”，可太后怎么能预知太祖死时儿子还仍是小孩呢？事实上，太祖去世时，德昭已经26岁，完全成年。

其二，太祖既然坦荡无私地谨遵母命，又何必将盟约内容深藏固封，秘不示人呢？如果说是为了防止大臣提前得知储君人选而做出投机迎合的举动，那么至少在太宗即位之初，就应当公布盟约了吧？为什么太宗继位之初无人提及此事？

其三，“金匮之盟”的出台是在太宗即位五年后的太平兴国六年（公元981年），由已经罢相多年的赵普密奏朝廷，然后才公之于世。赵普作为参与者，太祖在世时不敢泄露情有可原，为什么在太宗即位后还要蹉跎多年呢？他究竟是怎么想的呢?

其四，太宗时修订《太祖实录》，没有记载“金匮之盟”的事；直到真宗咸平二年（公元999年）重修《太祖实录》才加进此事，而且记载中说订盟约时，太宗也在场。这就更加自相矛盾了：因为太宗如果在场，那在登基继位之时就应该立即公布，何必等到五年后由赵普来上书？难道太宗把这么大的事、这么利好的情报给忘了？还得赵普来提醒?

其五，“金匮之盟”如果真的有，那作为皇室密约，藏之金匮，一定是要交相关机构、由可靠的宫人谨密掌管。为什么居然没有人负责保管呢?

当然，这些都是后人的怀疑。而在当时，朝中的大臣听了赵普的解释都将信将疑，谁也没敢提议要看那个金匣子。而宋太宗呢，对于赵普的挺身而出当然是心存感激的，这么一来，他的皇位继承就变得名正言顺了。当然他也不会拿出这个金匣子来让大家看。事实上，“金匮之盟”自始至终都是宋太宗和赵普两个人的说法，大家谁也没有看到过这个金匣子，更不要说盟书了。

赵普调转枪花，另攀高枝，葫芦里倒出一粒假药。而他的这粒假药对于宋太宗来说就是灵丹妙药。“金匮之盟”是赵普与赵光义两人政治勾结的产物，于是赵光义对他尽释前嫌，赵普重新受到信任和重用也是必然的了。而宋太宗任用赵普一方面是对“金匮之盟”的报答，另一方面还树立起自己大度能容的帝王形象，也可谓一箭双雕。赵普死后，太宗还向臣下声明:“赵普一向与朕有不足，众人所知。”——他在说这句话的时候，一定想到了齐桓公释管仲、唐太宗释魏征之类的故事，并为此洋洋自得。

5

“金匮之盟”救了宋太宗一时之急，但也不是一劳永逸没有后遗症。

如果按照这个继承顺序，赵光义的弟弟赵廷美就将继承赵光义的皇位。第一继承人赵廷美之后，还有赵匡胤的两个儿子赵德昭和赵德芳分别排在了皇位的第二和第三继承人位子上。赵光义花了九牛二虎之力，不惜以“烛影斧声”冒谋杀的风险抢到了大宋的皇位，他可不想做一锤子的买卖。他当然希望传给自己的嫡系子孙，江山永固，直至万世。

那么，一个弟弟两个侄子就成了他最大的障碍。

“金匮之盟”的发明人赵普也意识到这个问题，他一开始讲故事时把杜太后的“传承顺序”讲得清清楚楚，到后来就含糊其词不再说二传、三传的问题了。他知道再说下去，功劳就全没了！

在这些皇位继承人中，赵德昭当然是最委屈的。他原本是太祖长子，按嫡长子继承的话，他理所当然是当今天子。但这位青年眼睁睁地看着自己的叔叔把皇位给占了去。这种感觉应该就像莎士比亚笔下的哈姆雷特一样。当然了，叔叔还是振振有词地说出一番大宋朝继承人制度的规则的，根据这套“金匮之盟”的规则，他被降到了第三位，并且他跟叔叔廷美只相差两岁，要拼年龄他也拼不起。另外，坊间传说，太祖死时宋皇后让传召的是弟弟德芳而不是自己，这让他情何以堪？

所以，两年之后，皇位的第二继承人赵德昭居然用一把水果刀自杀了。而自杀的起因则是被宋太宗骂了一顿。

这一年，好大喜功的宋太宗发动了对辽国的北伐战争，先是攻取太原，灭掉了辽国的卫星国北汉。杨家将就是在这个时候被收降的。形势看起来势如破竹，一片大好。然而，跟同为汉人的北汉打仗没有问题，契丹人的辽国军队一到，原先还英勇无敌的宋军马上“微软”了，刚刚还“势如破竹”，现在是势如被破的竹子，那叫一个一败涂地啊！连在前线的宋太宗在逃跑时大腿上也中了两箭，乘着驴车逃了回来。

宋太宗的心情极其恶劣。他可是自诩为大宋朝一等一的军事家的，军队在前线打仗都要由他亲自绘制作战地图遥控指挥的，没想到自己上阵却吃了这么一个大败仗。

领导心情不好，手下人的奖金当然就没着落了。但是那些在攻取太原中立下功劳的将士却还等着论功行赏呢！怎么左等不来，右等不来？这样，当然就有意见了。

赵德昭见群众意见很大，生怕军心不稳，便善意地向宋太宗建议适当地发一点奖金慰劳一下，毕竟前面还是打了胜仗的。没想到宋太宗却恼羞成怒，没听完就对他大发脾气："吃了败仗回来，还有什么功劳？什么赏赐？"

赵德昭据理力争，说也不能一概而论，比如攻取太原、扫平北汉总有些功臣吧？他这么说本来也是想替宋太宗挽回一些面子，没想到这位叔叔皇帝却像吃了枪药似的，一拍桌子声色俱厉地骂道："等你做了皇帝，再行赏也不迟！"

宋太宗为什么发这么大火呢？除了战败心情不好之外，还有一个特殊情况。原来，在此之前，军中一度误传说宋太宗失踪了，军士们就想要立赵德昭做皇帝。有了这么一段小插曲，怪不得宋太宗对这个大侄子格外不待见。

赵德昭当时是愣在那里，手脚冰凉，心里当然也是拔凉拔凉的。在官场体制下，替群众说话有时候风险也蛮大的，领导会以为你是在收买人心。这一点，今天也仍然是这样。

回到自己的王府，赵德昭气愤难平，就问左右随从:“带刀了吗?”左右见状也都大气不敢出，搪塞他说：“我们进宫按规矩哪里能带刀啊！当然是没有了。”没想到赵德昭越想越气，越气愤也就越悲伤，冲进了自家的茶酒吧台，拿起桌上的水果刀就抹脖子了，死时也只有二十九岁。

据说，德昭死后，太宗闻讯，抱着尸体大哭道：“痴儿，何至此邪！”这一把眼泪，当然是为了掩饰自己对侄子的威逼，同时也推卸相关的责任。

德昭死了，那么德芳呢？笔者这么问好像是惦记着德芳去死了。不用笔者惦记，德芳死得更蹊跷：德昭死后的一年，德芳说是睡觉。睡着睡着，他就睡死了，死时年仅二十三岁。睡觉也能把人睡死？这个说法真是神了！

太祖过世才四五年时间，他的两个青春年华的儿子就这么不明不白地双双辞世了。老百姓自然对此会有微词，在民间的舆论中，坚定不移地认为宋太宗的皇位来路不正。老百姓不服，有老百姓不服的办法：政治上咱没发言权，编点儿戏文在舞台上说说事、出出气总可以吧！于是，后世的戏曲舞台上就出现了一位手捧金锏的八贤王。按照戏文里的身份，他应该是宋太祖的儿子赵德芳，他手中的那根金锏可以上打皇帝、下打奸臣，打死活该，概不偿命。在《杨家将》《三侠五义》和《万花楼》等演义小说和戏曲中，这位八贤王成了正义的化身，成了老百姓感情的寄托。

6

大宋朝的第二皇位继承人和第三皇位继承人都死了，现在只剩下帝国的第一皇位继承人赵廷美，也就是宋太宗赵光义的弟弟了。

赵廷美现时的职务是开封府尹兼中书令，封齐王，后来又转封秦王。这完全是赵光义当年所任职务的翻版。而赵廷美恐怕对“金匮之盟”的说法也曾经天真地相信过，因为这也是对他有利的。因此，他也曾在暗中拉拢过一些亲近的大臣，比如给当朝宰相卢多逊送财物。如此幼稚的行为，显然只能授人以把柄。而赵德昭、赵德芳的死，事实上使赵廷美一下子处于极度危险的境地。然而，赵廷美显然没有意识到，他甚至还在做着继承皇位的美梦。

其实，赵光义已经在不同的场合“敲打”过赵廷美好几次，只不过都没有引起赵廷美的重视。

宋太宗即位、赵廷美出任开封府尹不久，开封府就出了一桩人命案子。

当时的开封城里有不少各地漂流进京的流民，这些流民没有固定职业、没有固定收入，很多人沦为乞丐。而乞丐从来就是江湖上的一个特殊群体。丐帮究竟有没有，无法考证，但乞丐中一些蛮横之徒强讨强要，俗称“恶丐”，却是历代都有。这些恶丐或是手执一条毒蛇吓唬路人，或是暴露残肢断臂、恶疮溃肉威胁商家，如此闹事的情形每天都在开封府上演。

有一天，御街市肆里来了一位乞丐，店家见他衣衫褴褛、浑身恶臭，赶紧拿出几文钱想打发他走。没想到，这个乞丐居然狮子大开口了。店家不能满足，乞丐便站在店门口骂街，扯开嗓子叫骂，引来无数围观的人。店家碰到这么一个瘟神真是叫苦不迭，再三逊谢，要求和解。那乞丐却得寸进尺，越发张狂了。正在这时，人群中闪出一条大汉，横眉怒目，从腰间掣出一口宝刀，手起刀落，利索地将那恶丐砍死，随手将宝刀掷于地上，扬长而去。围观看热闹的人们见了血溅街头的一幕吓得纷纷作鸟兽散，只剩下店主恐惧莫名、面无人色地呆立现场。开封府的衙役接报后赶到，将那店主锁了，并将那口宝刀作为凶器封存。

古代的杀人案子还是颇受重视的，何况又是在天子脚下、白昼行凶的案子。这桩案子很快上达天听，宋太宗对这种五代乱习十分痛恨，亲自做出批示，要求查明真相，务必将凶手缉拿归案。

这案子说难，不难；说易，也不易。杀人者与乞丐无冤无仇，与店家也非亲非故，完全是横空出世，却要到哪里去缉拿？而这一边，又是皇帝亲自过问，要求限期破案。开封府的官吏们也只好屈打成招，让店主认了个“激愤之下用刀杀死乞丐”的口供。

汇报至太宗案前，太宗首先对开封府用心破案给予了表扬，同时表示人命关天，不可疏忽，最好将案子再认真地核实一番，同时要保护好相关物证，将那口凶器宝刀送呈御前。

开封府的官吏得到圣谕不敢怠慢，发回重审，又将程序过了一遍，然后又来向太宗汇报，表示确凿无疑了。

太宗问:“重新审理过了吗?”

官员回答:“重新审过了。”

这一回，太宗不再理会开封府的官员，却对内侍说:“取我的刀鞘来。”

内侍小心翼翼地从里面捧出一副刀鞘，将凶器宝刀插入鞘内，居然严丝合缝！

官员在错愕之余回过神来，吓得冷汗涔涔、两股战战，不敢发一言。

“你们如此办案岂不是草菅人命？还不知道要枉杀多少人呢！”

太宗厉声训斥，顾自拂袖而去。

这则故事记录在宋人的《铁围山丛谈》中，书中说是：“太宗初嗣位，思有以帖服内外者。”为了显示自己的明察秋毫，让内外咸服，这当然是一个原因，但事情恐怕不止这么简单。赵廷美刚刚当上开封府尹，对这宗草菅人命的案子负有直接的领导责任。赵光义这是给他一个下马威！

后世有人认为那个杀乞丐的人就是赵光义，这样的推断是肤浅和站不住脚的。太宗皇帝绝不可能以九五之尊去动手杀一个乞丐，要做这桩小事，派任何一个侍卫都可以分分钟搞定。当然，他以此震慑赵廷美其实也是有些冤枉：一则开封府恶丐横行是由来已久的事，前任的开封府尹就是你赵光义，你在任上怎么就没有解决这个问题？二则草菅人命的开封府官员也都是你的老部下；赵廷美刚刚上任，情况都还不熟悉。要他对此负责，显然也有些牵强。所以，笔者想太宗是想通过这个案子传递三层信息：一是树立自己明察秋毫、关心民瘼的形象；二是警告开封府的官吏，不要以为你们的老长官当了皇帝你们就可以鸡犬升天不知所以了；三是给赵廷美一点难堪，让他知道老哥的手腕。

可惜赵廷美没有意识到这些。

赵普当然已经敏锐地察觉到这一点，而且赵廷美极力拉拢的宰相卢多逊正是赵普的政敌。

赵普决定一不做二不休，干脆诬陷赵廷美谋反，顺便把卢多逊也牵涉进去，诬蔑卢多逊是造反的同谋。这样一来，一石两鸟，宋太宗和赵普就可以分别除掉他们各自的眼中钉：赵廷美和卢多逊。

赵德芳死后的半年，正是三月的一天，风和日丽，宫中的金明池正好有一座水心殿刚刚落成，宋太宗准备召集宗室成员搞个游湖活动。突然，有官员密报，说是秦王赵廷美准备在游湖时行刺皇上。而且告密者似乎对赵廷美的计划了如指掌，说是如果行刺不成，赵廷美就假装称病在家，等太宗去探病的时候再动手。听完密报，太宗大怒道："我身体还好着呢！秦王怎么这么性急？"

宰相卢多逊被当作赵廷美的同谋，立即被逮捕下狱，严加审讯。狱中黑暗，卢多逊知道“好汉不吃眼前亏”，便主动认罪，还交代说自己曾多次把中书机密要事密告秦王赵廷美。他还让下属传话给秦王说：“愿宫车（指太宗）早晏驾，尽心事大王（指秦王）。”而赵廷美也回答说：“卿言正合我意。”于是，赵廷美谋反就被坐实了。

当然，后来的处理还算冷静。为了不败坏赵宋皇家兄弟和睦一家亲的名声，只是把赵廷美赶出京城贬官到了洛阳，让他担任西京（洛阳）留守。这个时候，太宗皇帝又假惺惺地来问赵普对皇位继承的看法。赵普就是在这时候说漏了嘴：“太祖已经做错，陛下岂可再错！”——当然，老狐狸也可能是故意说漏嘴，以显得自己心无城府、尽忠直言。

有了宰相赵普的支持，宋太宗就决定对自己的兄弟不客气了。于是，赵廷美又被一贬再贬，贬到了地偏荒凉、人烟稀少的湖北房州。赵廷美在那里事实上是被软禁的，失去了人身自由。

根据宋人的野史《默记》记载，宋太宗在赐死南唐后主李煜时，还专门派赵廷美去执行。他让廷美给李煜送去牵机药，并且命令廷美看着李煜当场喝下。牵机药是一种剧毒药，吃下去后，人的头部向前抽搐，最后与足部相接而死，状似牵机。宋太宗为什么要派赵廷美去给李煜送药，并且让他亲眼看着李煜在极度的痛苦中死去？其中的动机已不可考，但给廷美留下的心理阴影，我们可以揣摩一二。

很快，赵廷美就在忧伤和恐惧中走完了38年的人生。廷美死后，宋太宗公开宣称赵廷美是乳母陈国夫人耿氏的儿子，并非杜太后亲生。赵廷美的儿女们也不再称皇子皇女。

如此一来，赵廷美及其后人就被彻底排除在皇位继承系统之外。当然了，这样的说法在当时就不被人所信服，但杜太后和耿氏都已经去世，宋太宗是兄弟中仅存的一人，又是至高无上的皇帝，谁又能反驳他呢？

现在好了，皇位的继承人当然就轮到太宗自己的儿子，也就是后来的真宗皇帝了。真宗可不管什么“金匮之盟”了，反正这个说法也只是他父亲这么说说的，谁也没见过那只金匣子，真宗之后当然也是儿子继承。所以，整个北宋就是宋太宗一脉在当皇帝了，赵匡胤的后代都流落在京城之外，没他们啥事了。

7

再来说说卢多逊和赵普这一对冤家。

当年卢多逊和赵普结仇，卢多逊的父亲曾忧心忡忡地说：“赵普是开国元勋。小子无知，轻诋前辈，将来恐怕不能免祸。反正我已经不久于人世，也看不到这一出悲剧了，这也是我的幸事。”

但彼时卢多逊气焰正盛，根本没有把老父亲的话放在心里。等到他事发后，太子太师王溥等74位官员联名奏议，要求对此大逆不道之案严惩不贷，行诛灭之刑以正朝典。太宗可能是考虑到卢多逊在自己上位过程中毕竟多有功劳，特地网开一面，削夺卢多逊的官爵，全家流放崖州（今海南岛）。

据说在贬谪途中，卢多逊在一客店吃饭休息，店里有一老妇，颇能讲一些京城故事。卢多逊也跟她攀谈起来。老妇说：“我儿子原先也在京城做官。卢多逊当宰相，让我儿子去做一件不法的事情，我儿不从。那个姓卢的宰相就诬陷他违纪，将他治罪，我们因此被流放到此地。现在听说，那个姓卢的宰相也出事了，被流放去崖州蛮荒之地。这真是老天有眼，让我看到了他的下场。”卢多逊听后，哑口无言，羞愧难当。

宋朝官员被贬谪流放，一般都在内陆而不过海。卢多逊是第一个被漂洋过海放谪的官员。当然在他之后，像寇准、丁谓乃至苏轼等人都曾被贬谪到海南岛上。在海岛上日晒雨淋地过了三年，52岁的卢多逊终于死在了那片土地上。

而赵普呢？

卢多逊倒台后，赵普的作用也就差不多了。宋太宗还要用自己的新人呢，于是他又被罢相、外放出任武胜军节度使。后来，宋太宗想用新科状元吕蒙正为宰相，但考虑到吕蒙正毕竟资历太浅，所以又把赵普抬出来让他三度拜相。这个时候，赵普已经66岁，这个年纪在宋朝已经算老的了。太宗对这么一位老人倒也尊重，免除他朝见的礼节，只是每天到中书省办公，遇有重大政事就召见他问对。有一年夏天，天气特别热，按惯例，宰相要到未时才能退朝回家，太宗考虑到他的身体状况，特地批示让赵普午时即可归家。

后来，宋太宗又多次来到赵普家看望他，并且再三说："开国元勋只剩下你一个了。"在这个熟悉的庭院里还飘扬着当年的烤肉味道，只是物是人非，一切都恍然若梦了。

赵普对大宋朝的建立和巩固确实起到了不同一般的作用。但是，他对赵廷美、卢多逊的构陷毕竟还是让朝臣们对他敬而远之了。在权力的毒害下，赵普终于从一个能干的大臣扭曲成了一个蛇蝎般的小人。所以说，世间最厉害的毒药就是权力，这句话从古至今都是真理。

赵普71岁辞世，宋太宗追赠尚书令，追封真定郡王，谥忠献。到了宋真宗咸平初年，又追封他为韩王，并让他配飨宋太祖庙庭。但他的“金匮之盟”害死了太祖的两个儿子。在泉下，赵普又将如何面对太祖？

非常离奇的是，在赵普死后，他的两个女儿都出家当了尼姑。宋太宗再三下诏书劝阻，但赵普的两个女儿决心已定，还是双双入了空门。她们是看破了红尘，还是看破了权力的真相？或者说：看破了权力的真相，也就等于是看破了红尘？

第四章
献俘阙下，李煜们的亡国生涯

1

这些年，东京城里最热闹的莫过于献俘仪式。大宋的军队东荡西扫、南征北战，显示出旺盛的战斗力。那些被征服的僭主、伪藩连同他们的部属家眷作为战俘被送到开封来，接受大宋皇帝的检阅和赦免，也接受京师百姓的羞辱和嘲讽。

太祖建隆元年（公元 960 年）九月，平定泽潞李筠；

建隆元年十二月，平定扬州李重进；

太祖乾德元年（公元 963 年）正月，平定荆南高继冲；

乾德元年二月，平定湖南周保权；

乾德三年正月，灭后蜀孟昶；

太祖开宝四年（公元 971 年）二月，灭南汉刘鋹；

开宝七年十一月，灭南唐李煜；

太宗太平兴国二年（公元978年），福建陈洪进纳土；

太平兴国三年，吴越国钱俶纳土。

除了主动纳土归宋的受到礼遇外，战胜一处均进行盛大的受降庆典。这样的仪式不断地上演，让京城的百姓在看热闹的兴奋之余也增添了天朝大国的荣誉感。

乾德三年（公元965年）三月的一天。

天刚蒙蒙亮，一大批净街的役夫就把御街打扫得干干净净，铺上一层细细的黄沙，并洒上水。开封府的衙役全体出动，将闲杂人等尽数驱散，围观的群众都被隔离在御河的两侧。谯楼上报过五更天后，一阵鼓乐响起，侍卫亲军马军司和步军司的将士们铠甲鲜明、旗号严整地列队来到御街上，一卒一骑间隔着相对而立，仪仗森严，纹丝不动。

明德门外，早已设下了几座敞开的白色布篷，布篷内铺着几张草席，就地安放着蒲团坐垫。昨天刚刚从四川被押解来到京城的后蜀主孟昶素服纱帽，带着他的臣僚家眷坐在帐篷内的蒲团上。三月的开封，地气乍暖还寒，一阵阵凉意透着草席洇渗上来。帐篷内的每个人都心情沮丧而又忐忑不安，却没有人讲话，死一样的寂灭，大家各怀心事地垂首等候着。不一会儿，骑马来了一个身穿绿袍的宋朝通事舍人。这位七品小官跨下马后神情严肃地指挥大家起立，由孟昶带头，排好队列，向着北面的皇宫方向序立完毕。

一张素案放置在横街北的大路中央，素案前站立的是宋朝的一位身穿红袍的合门使，雄赳赳气昂昂地挺身而立，一副天朝大国的威严形象。

通事舍人示意孟昶双手捧起早已准备好的降表，迎着合门使走去。到了案前，孟昶双膝跪地，将降表高高举过头顶。合门使接过降表，示意孟昶归回原位，然后跨上一匹系着铃铛的高头骏马，朝着皇宫方向疾驰而去，撒下一路马蹄铃声。

皇宫大内的崇政殿里，太祖皇帝端坐御案前，文武百官东西排列。内侍都知接过合门使呈上的降表奏章，碎步小跑着将表章呈进御前。翰林学士在御案前高声朗读着孟昶的降表。读讫，太祖传旨接受孟昶投降，并召降臣进见。

于是，合门使又跨上骏马飞奔出宫，朝着明德门方向而来。这个时候，已经日头高照，金色的铃铛在阳光的照耀下发出令人炫目的光芒。

明德门外的孟昶等一干人听到铃声早已匍匐在地，那光芒刺得他浑身发颤。

通事舍人上前将孟昶扶掖而起，后蜀的臣僚眷属也都跟着起身。合门使宣读了太祖皇帝的释罪诏书，孟昶带着众人再次跪拜，山呼万岁谢恩。

衣库使捧着太祖所赐的袭衣冠带来到孟昶面前，孟昶再拜谢恩，脱掉素衣纱帽，换上冠服。御马监的官员早已将准备好的马匹牵来，孟昶和臣僚们依次上马，沿着戟戈林立的御街朝着皇宫方向前进。

后蜀的官员们到了启运门前就被要求下马，各自牵着马缰立队恭候，感觉个个都像马夫似的。

孟昶则在升龙门前下马，在合门使的带领下快步向前，连宋宫的巍峨模样都来不及看，就来到了崇政殿前。不知是因为一路小跑的缘故，还是因为天威咫尺，孟昶的后背脊梁已经冒了一身汗。两旁的金瓜武士怒目而视，让孟昶不寒而栗。

合门使指挥孟昶舞蹈拜谢，这些动作都是昨天经过排演的，孟昶知道自己的模样一定很怪。东京的日头晒得他晕头转向，再这么手舞足蹈一下，真有些恍若梦里的感觉。

合门使面无表情地看着他把整套动作做完，引领着他从东面的台阶升殿。在两层台阶中间的平台上，宣抚使承旨安抚。无非是展开圣旨宣读，孟昶再跪拜叩谢这一套礼仪。

孟昶发现，后蜀的臣僚眷属也从西边的台阶上升殿，内中一双幽怨的眼神、盈盈的泪光，像尖刀一样刺向他的心头。

2

君王城上竖降旗，妾在深宫那得知？

十四万人齐解甲，更无一个是男儿。

这首诗是后蜀主孟昶的贵妃徐氏所做的《述国亡诗》。据说她是在被俘到开封后，在太祖赵匡胤的御座前七步成诗的。作为一个亡国奴，她在作诗时是拼却一死的，所以她并不怕忤逆宋太祖。诗中的态度不卑不亢，不但表现了廉耻之心，而且也颇有几分胆识。连宋太祖看了也嗟叹再三，由此对她产生了敬慕，就将她纳入后宫，金屋藏娇。

这位徐氏还有一个更为人熟知的称谓：花蕊夫人。

据《十国春秋》记载："慧妃徐氏，青城人。幼有才色。父国璋纳于后主，后主嬖之，拜贵妃，别号花蕊夫人，又升号慧妃。尝与后主登楼，以龙脑末涂白扇。扇坠地，为人所得。蜀人争效其制，名曰'香雪扇'。又后主与避暑摩诃池上，为作小词以美之。词曰：'冰肌玉骨清无汗，水殿风来暗香满。'国中争为流传。"

后蜀是唐灭亡后，在南方和河东地区先后存在过的十个割据政权（史称“十国”，相对于中原的“五代”）中的一个。它的开国之主是沙陀主李克用的侄女婿孟知祥。当年，李克用的儿子李存勖灭了后梁，建立后唐，派孟知祥攻打四川，灭了前蜀王衍政权。孟知祥入成都，整顿吏治，减少苛税，颇得人心。公元934年，他在成都自立称帝，史称“后蜀”。孟知祥死后，儿子孟昶继位，花蕊夫人就是孟昶的贵妃。

乾德二年（公元964年）十月，宋军兵分两路伐蜀，六十天后就兵临成都城下，孟昶出降，率其官属挈族归朝。花蕊夫人不仅诗写得好，人也长得如花似玉。她来到开封，马上引起市井轰动。据说，在受降的仪式上，赵光义看到花蕊夫人也惊为天人。可惜哥哥赵匡胤没有察觉到弟弟的感受，大大咧咧地将花蕊夫人纳入了自己的后宫。

赵光义那天一定是默默地痛饮了好几杯，想起《三国志》里曹操破冀州听说儿子曹丕捷足先登抢了美女甄氏后说的那句名言：“今年破贼正为奴”，心疼得一塌糊涂！但人家是父子，自己是兄弟，被皇帝哥哥夺了爱，还有什么话说！

匡胤其实并不好色，但光义的好色却是有名的。他在担任开封府尹的时候，就有掠色的记录。当时有一个青州人带着一个小姑娘来到开封。小姑娘长得秀色可餐。赵光义见了就念念不忘，派人去对青州人说要买下这个姑娘，青州人不答应。当时有一个叫安习的人想要攀附光义，就对光义说一定帮他办到。光义就给了安习银两，让他前去办理。没过几天，安习果然把那个小姑娘送到了光义府中。后来，这件事不知怎么给太祖皇帝知道了。太祖怕小人带坏皇弟，便下令通缉安习。而赵光义却把安习偷偷地藏在了府中。

但这回不同了，花蕊夫人显然不像小姑娘那么好搞到手。但赵光义的性格确实有阴暗的一面。对他来说，自己搞不到手的女人也绝不想让别人占有。

说来也巧，孟昶来到开封十天后就暴卒了（一说七天）。有人说是赵匡胤为了霸占花蕊夫人而下的黑手，但考太祖为人，似乎并没有这般阴暗的作为，何况孟昶已成了阶下之囚，即便将他的妃子纳入后宫也是胜利者对战利品的合法拥有，无须多此一举。也有人怀疑到赵光义，认为是赵光义迁怒于孟昶而下的手。但不管怎么说，这些终究只是怀疑而已。

而花蕊夫人虽说身在宋宫，倒是不忘故主，时时怀念前夫恩爱。据说她还画了一张孟昶挟弓弹射的画像，挂在寝宫里。一日，赵匡胤见到此画，询问其故，花蕊夫人假称道："这是我们蜀中的送子张仙。"不想，她随口一编，却很快传到民间，求子心切的妇女们从此纷纷挂起了张仙的像来。后来，宋代文学家苏洵也曾梦见张仙手合二弹。据说是诞子吉兆，生下了苏轼、苏辙兄弟，苏老泉（苏洵号）特意写了《张仙贺》以志纪念。

孟昶究竟死于何人之手已不可考，但花蕊夫人倒确实是死在光义之手。

据《铁围山丛谈》记载，匡胤、光义兄弟在御苑射猎，花蕊夫人在一旁，光义方调弓矢引满，正要射走兽，忽然回身射向花蕊夫人，一箭而死。光义的说法是：花蕊夫人想要为前夫报仇，意欲不利于太祖，"尝进毒，屡为患"，所以他是为兄除害。

而宋人王巩的《闻见近录》则说得更富细节：花蕊夫人进宫后颇得太祖宠幸。一日，太祖与光义宴饮于射苑，太祖用一巨觥劝兄弟酒，光义坚决不肯喝。太祖再三劝酒，光义看着亭子下栽种的花朵说：非得花蕊夫人亲自来折了这朵花，我才肯饮。于是，太祖便命人去叫花蕊夫人来。花蕊夫人遵命去摘花，光义却突然引弓将她射杀，然后哭泣着抱着太祖的脚说："陛下方得天下，宜以社稷为重。"——这样的说辞当然是"大义凛然"的，而太祖的反应却也让人惊奇：

“而上饮射如故”，跟没事儿一般。

王巩是真宗朝宰相王旦的孙子，距离太宗朝的年份不远，他的身份也便于他知晓一些朝野秘闻，所以这份记载应该是可靠的。当然了，说赵光义纯粹是出于个人的阴暗心理杀死花蕊夫人恐怕也太过武断，他对太祖的那一番谏言其实也表达了中国古代男人传统的一种观念：红颜祸水。“历史上亡国败家的原因，每每归咎女子，糊糊涂涂地代担全体的罪恶，已经三千多年了。”——鲁迅先生是这么说的。

不管怎么说，花蕊夫人终归是被赵光义杀死了。

3

违命侯李煜得到太祖皇帝驾崩的消息时，正在自己的府中填一首《相见欢》的词：

无言独上西楼，月如钩。寂寞梧桐深院锁清秋。

剪不断，理还乱，是离愁。别是一般滋味在心头。

笔走龙蛇，写在一张澄心堂的纸上，字迹还是那样的潇洒，但是个中的愤懑感伤却已经浸透在字里行间。

屈辱的拘囚生活，旦夕以泪洗面的深哀巨恸让他的词作字字见血，有如血泪凝铸而成。

李煜是开宝九年（公元976年）春正月率领妻小官属来到开封的。素服纱帽待罪阙下，跟孟昶一样经过一场受降仪式后被太祖赦免，被授以右千牛卫上将军，并封违命侯。

“上将军”的职务当然不是个让他带兵的实职，只是个头衔和发俸的依据。按说宋朝一品官的俸禄也不少了，本俸就有月薪300贯，相当于今天的30万元人民币，还有津贴及其他福利等，甚至还超出本俸。但李煜是当过国王的人，用度一向海阔，还有一大家子需要养活，所以还是感到捉襟见肘。史载：“后主归宋贫甚。”至于“违命侯”这样的爵位当然更多的是羞辱的意味了。

李煜听到赵匡胤的死讯后，惊得一支笔都掉落到地上。仅仅过了大半年时间，这么一位黑胖粗壮的皇帝怎么说死就死了呢？

此刻的李煜真的是别有一番滋味在心头了，倒不是他对太祖有什么感情，而是对自己未来处境的担忧！

那天晚上，他跟小周后两人相拥而泣，一夜难眠。这种不眠之夜，对他们来说已经是家常便饭。

出乎意料的是，第二天传来消息：继位的皇帝不是太祖的儿子而是他的弟弟光义。

李煜来到京城时，赵光义是开封府尹。在划拨府第、安排给养时，赵光义曾给予过关照，李煜也心存感激，给他送了一些南朝带过来的澄心堂纸和廷珪墨。

澄心堂纸是南唐池州、歙州一带特制的一种质量优异的宣纸。这种纸坚洁如玉，密薄莹细，即使是五十尺一幅的长纸也从头到尾匀薄如一。澄心堂本是南唐烈祖李升节度金陵时晏居、读书的地方。后来，李煜设局监造名纸，以供宫中御用，就袭用了澄心堂的名字。

而廷珪墨也是南唐的国宝，其开创者是奚超、奚廷珪父子。奚家父子原居河北易水，世代制墨。由于后晋将幽云十六州割让给契丹，奚氏便举家南迁。奚超途经黄山一带，为当地白练之奇、松树之妙姿所吸引，并且发现皖南的松烟品质超群，尤其适合做墨，便留在歙州，以皖南古松为原料，又改进了捣松、和胶等技术，创制出“丰肌腻理、光泽如漆”的徽墨。

到了奚廷珪继承父业后，他孜孜不倦于墨源的开拓和传统技艺的改进，经过多次试验，发现桐油烟和漆烟的品质远胜于松烟，是制墨的头等原料。廷珪又创造了“兑胶法”，即反复和胶，有时多达四次，称为“四和墨”。在配方中，他又试着把金箔掺进墨团捶打，制成的墨写起字来闪闪发光又不褪色。这一番技术革新的成功让奚廷珪大受鼓舞，他干脆又将麝香、冰片、丁香等贵重香料一起掺进墨中，使得墨锭郁香常存、不蛀不腐。

李煜酷爱书法绘画，手下人将一盒奚廷珪制作的精墨献给他，李后主打开一看爱不释手，立即把他宠信的文人近臣召进宫来一起评墨。当内侍在砚台上放上水，轻轻研墨时，一股甜甜的幽香由淡变浓，弥漫屋宇，令人精神一爽。李后主亲自提笔试墨，他持笔蘸墨，只觉墨汁润泽，不胶不涩，挥笔作书，墨落纸上，乌黑放光，不浸不晕。李后主大喜，当即召奚廷珪担任墨务官，并赐国姓，他们所制的墨也被称为“李墨”“廷珪墨”。

李煜曾将廷珪墨赐给大臣徐铉、徐锴兄弟。这两兄弟使用的廷珪墨，长不过一尺，筷子粗细，日写五千字，用了十年才磨尽。平时这兄弟俩还利用这块墨尺坚挺的边刃裁纸，连裁纸刀都省掉了。还有人说不小心将一锭廷珪墨掉进了池中，以为墨落入水中一定不能再用了，也就没去打捞。过了三年，因一件金器掉入池中，这才找人打捞，结果连墨一同捞了上来，意外的是，这锭墨居然“光色不变，表里如新”。于是，这种墨也获得了“落墨如漆，万载存真”的美誉。

赵光义也是读书人，收到澄心堂纸和廷珪墨十分高兴，还用他擅长的飞白体写了一幅字赠给李煜。

虽然没有太多的来往，但因为有了这一层交往，李煜听到赵光义继位的消息倒也高兴。他当即决定上表称贺，同时还想再进奉一些纸和墨给新皇帝。

但是当他打开书柜时，却发现廷珪墨已空空如也。

当年“归为臣虏”时，李煜曾将国库内的廷珪墨尽数带来开封。送给赵光义后，不知怎么的，宰相赵普也得知了这个消息。赵普不是什么读书人，也不懂墨的好坏，但他却借口修缮开封相国寺门楼，将李煜珍藏的廷珪墨成车成车地运走，然后将墨改制成漆，挥霍糟蹋殆尽。

真是暴殄天物！暴殄天物！李煜在心里恨恨地咒骂。

小周后不知是什么时候进来的，穿着一件烟里火廻纹锦对襟的袄儿，鹅黄杭绢点翠的缕金裙，粧花膝裤，大红凤嘴金缕鞋，依旧是娉娉婷婷的身样、粉浓浓雪白的脸儿。这一身打扮，正是李煜最喜欢的样子。

李煜记得她当年初次进宫来时才十五岁。

小周后原本是李煜亡妻大周后的妹妹。大周后沉疴不起，小妹妹前来宫中探病，却被风流多情的姐夫一眼相中。在南唐御苑的红罗小亭里，李煜和她初尝了不伦的偷情滋味。

那一夜的月光朦胧，万籁俱寂。小周后脱下叮当作响的金缕鞋儿，提在手上，蹑手蹑脚地向着红罗小亭走来。浪漫的后主已经让人将亭子的台阶都铺上了鲜花的花瓣，小周后的罗袜踩在花瓣上，移步生香。亭子里的李煜拉过她的纤手，软玉温香抱满怀，露滴牡丹开。小周后红潮晕颊，娇羞无地……后来，李煜还写了一首《菩萨蛮》的词，记录他们的春宵一刻："花明月暗笼轻雾，今宵好向郎边去，刬袜步香阶，手提金缕鞋。"

大周后病死后，李煜便将小姨子养在宫中，准备等过了丧期立她为后。这时候还出了一个插曲，宋太祖赵匡胤曾派人前来提亲，想让李煜娶赵宋宗室之女为妻。但李煜已经情有所钟，断然拒绝了这桩政治联姻。

如果当时真的与赵宋宗室联了姻，那么还有后面的亡国之恨吗？其实，跟赵宋联姻也不妨碍他纳小周后，无非是不能把皇后的名分给小周后罢了。但李煜是个爱情至上主义者，爱情至上，就得付出代价。李煜不敢再想下去。

小周后十九岁那年，被李煜立为皇后。七年后，她跟李煜一起成了大宋的俘虏。

真是梦里不知身是客，一晌贪欢！

小周后罗步轻移，到他的案头前看他新填的词。她已经不再为他的才华而倾倒，只是轻轻地叹息一声，掏出一块红绡汗巾，拭着眼角的珠泪。两个人相顾无语。

接下来的日子，倒是让李煜难得开颜了一下。

太宗皇帝赵光义对待他们这些降王似乎比太祖更宽厚些。孟昶已经死了，且不去说他；南汉的刘鋹被封为了卫国公，而李煜也被封为陇西郡公，去掉了那个带有明显侮辱性的违命侯称号。太宗还带着他们一起去参观刚刚建成的皇室图书馆，跟大家一起诗词唱和、挥毫泼墨。李煜甚至感觉这位太宗皇帝倒像是自己的同道中人。

因为有了这么一种亲切感，他更壮着胆子写奏折给太宗，诉苦告贷。结果也是再顺利不过：太宗二话不说，立马答应，特赐三百万钱。李煜都快激动得写诗称颂吾皇万岁了，但曾为君王的廉耻终于没让他写下肉麻的文字。

此后，李煜等一班降王降臣经常受到太宗的召对，大家饮酒作诗，畅谈文学，气氛和洽，其乐融融。降王降臣们的眷属也享受到了宋朝大臣的命妇一样的待遇，不定期地入宫燕乐，参加大宋皇后举办的沙龙派对。

但是，令李煜不安的事情终于发生了——

命妇入宫那天，刘鋹等人的妻子都早早地出宫回家了，李煜却左等右等不见小周后回来。直到夜深更漏，宫里来了一个小内侍，说是皇后要留小周后在宫里住些日子。李煜也不敢多问，心里七上八下地在家里望穿秋水。过了好几天，小周后才被宫中送回府来，神情恍惚，花容失色，见了李煜只是流泪，问她也不肯说什么。

李煜早猜到了几分，恨恨地将一块砚台摔碎在地上。小周后委屈地放声大哭……

后来，这样被召进宫去朝觐的事情越来越频繁，进宫后总是要等数日才被放回。而且每次回来后，小周后就开始大哭大闹。现在，李煜已经不再砸碗摔盆了，砸了又有什么用呢？他只能认命。倒是小周后把老公当作了发泄的对象，还用很难听的话责骂李煜。李煜都被她骂得躲避不及，恨不得打个地洞钻进去了。

“江南剩得李花开，也被君王强折来。”

4

事情都坏在沈德符身上。

沈德符是明朝人、《万历野获编》的作者。

一个600年后的明朝人怎么会坏了宋朝人的事呢？

坏就坏在沈德符的这本书上记载了一段不堪的文字！

据《万历野获编》卷二十八记载：

“偶于友人处，见宋人画《熙陵幸小周后图》，太宗头戴幞头，面黔色而体肥，器具甚伟；周后肢体纤弱，数宫人抱持之，周作蹙额不能胜之状。盖后为周宗幼女，即野史所云：每从诸夫人入禁中，辄留数日不出，其出时必詈辱后主，后主宛转避之。即其事也。”

熙陵也就是永熙陵的简称，它是宋太宗赵光义死后的陵墓名，古人习惯于用帝王的陵墓名代指帝王，比如太祖赵匡胤死后葬永昌陵，就以昌陵代称。而小周后则是南唐后主李煜的皇后。

有关宋太宗染指小周后的艳闻，在宋人王铚的《默记》中最早记录在案：“龙衮《江南录》有一本删润稍有伦贯者云：李国主小周后随后主归朝，封郑国夫人，例随命妇入宫，每入辄数日而出，必大泣骂后主。声闻于外，多宛转避之。”

《宋稗类钞》及元人陶宗仪的《辍耕录》一书中也有相关的文字记载。但沈德符的记载中说是有画，甚至出现了“器具甚伟”这样的描绘，可见这是一幅春宫画。据说，这幅画在宋亡之后开始流传，并被金元人多次摹写，一直到明代还有人见到过。

比沈德符稍后的明朝人姚士麟写的《见只编》描写得更加详细。

如果真有这样的春宫画流传，那可真是千古奇谈了！莫非太宗当众强暴小周后，还让画工在旁边现场写生作画？这样的说法当然太过夸张，而且春宫画是明代常见的一种画，宋人似乎还没有画春宫图的习惯。尽管沈德符的记载中说是“宋人画”，但也没有指出是宋代的哪位画家，所以很有可能是明人假冒宋人所作。沈德符的记载中还说“此图后题跋颇多”，甚至还引了元代冯海粟学士的一首诗。但如果画是造假的，那么题跋当然也可能造假了。

宋太宗是个很要颜面的皇帝，也很重视后世的清誉，连记录皇帝行止的“起居注”他都要亲自审稿，怕留给后人不好的记录，召画师当场作春宫图的行径绝不可能出自他之手。

沈德符的记载中说宋太宗“面黔色而体肥”，这是宋人对太祖的描述，而根据《宋史》的记载，太宗赵光义是个“好仪容”的皇帝，甚至研制出“玉龙膏”养颜。宋人笔记也多处记载：太宗“龙颜俊秀，有天人之表”（《续资治通鉴长编》），可见宋太宗应是一副儒雅的形象。画作中的形象显然与史实不符。

所以，我们基本可以判断：太宗染指小周后，事出有据；但春宫画的说法，显然是明人伪造。

5

不管怎么说，李煜的日子都够难受的了。

人在屋檐下，不得不低头。作为一位词人，他除了将满腔的怨愤诉诸笔端，还能做什么？

在汴京城内忍辱偷生的李后主，每每忆及从前的繁华往事，不禁感慨万千，悲从中来。于是，他的笔下写出了后世流传千古的名词《虞美人》：

春花秋月何时了，往事知多少？小楼昨夜又东风，故国不堪回首月明中。

雕栏玉砌应犹在，只是朱颜改。问君能有几多愁？恰似一江春水向东流。

然而，正是这么一首千古绝唱，却让李煜陷入了万劫不复的境地。

这首词的第一个读者是徐铉。

徐铉是南唐的旧臣，也是南唐的名臣，与《韩熙载夜宴图》中的主角韩熙载齐名，并称“韩徐”。徐铉工于书法，尤好李斯小篆。徐铉的篆书放在灯下细看，就会发现每一笔画中间都有一缕铁丝一般的浓墨线条，不偏不倚，后世的书法研究者把徐铉的篆书称为“铁骨篆法”。李煜是文人，对这样的大臣当然宠信有加。在南唐灭国之前，徐铉曾奉李煜之命两度出使宋朝，谋求和平。他苦心孤诣地替李煜说好话，希望宋太祖对南唐网开一面，而太祖皇帝也正是对着徐铉说出了那句著名的话：“卧榻之侧，岂容他人酣睡！”

南唐亡后，徐铉跟着李煜一起进京，被授予一个散骑常侍的闲官。

但是有一天，宋太宗却意外地召见了徐铉。

太宗满脸堆笑，跟他拉着家常，然后又问他：“来到汴京后，你去看过李煜吗？”

“没有。罪臣不敢私下去见。”徐铉赶紧否认，他也确实没敢私自去看望过故主。

“应该去看看他，毕竟也是君臣一场。朕今天下旨让你去见见故人。”

徐铉内心里当然也思念故主，现在奉旨探望，正好了了他的一桩心愿。于是，徐铉从宫里出来后，也顾不得回家，兴冲冲地直奔李煜的府第而来。

两人见面，徐铉习惯性地就要双膝一软跪拜下去，倒是李煜连忙拦住了他。李煜现在很少有访客，见到徐铉也特别高兴。两人聊书画、聊诗词。聊了好久，李煜便将自己新作的那首《虞美人》递给徐铉看，徐铉读着这首词也是感触颇深，泪眼模糊。两人相对流泪。过了许久，李煜突然冒出一句:“悔不该当初啊！悔不该冤杀了林仁肇。”

林仁肇是南唐的名将。当初李煜误中反间计，杀了林仁肇自毁长城，以致宋军攻破长江天堑，长驱直入灭亡南唐。

这一段不堪的往事，哪里还敢再提？徐铉沉默着。两人的会面就在沉默中结束。

没想到，第二天宋太宗就又召见了徐铉，并且语带威胁地逼问:“故人相见，都谈了些什么?”

徐铉一下子愣住了，豆大的汗珠从额角滚落。他不敢隐瞒，只好将他与李煜的对话还有那首《虞美人》的词一一交代。宋太宗冷冷地发出一声狞笑。

太平兴国三年（公元978年）七夕节，正是李后主的42岁生日。李煜在他的住所宴请后妃，并拿出《虞美人》这首词，让南唐故妓咏唱。太宗也让他的弟弟赵廷美送来了生日礼物，是一瓶酒——一瓶放了牵机药的鸩酒。牵机药，据说为中药马钱子所制，性寒、味苦，对中枢神经系统破坏力很强。李煜此前已经喝了不少酒，酒助药性，引起全身性抽搐，最后头部与足部相接而死，状似牵机，所以叫牵机药。

李煜死后不久，小周后也于当年郁郁而亡，也有说她是自杀身死。一代佳人终于香消玉殒，“自是人生长恨水长东”。

6

顺便说一下其他几位降王的结局：

南汉国主刘鋹死于太平兴国五年（公元980年），终年38岁。这位老兄在南汉时常用毒酒毒杀臣下。降宋后，有一天被宋太祖赐酒，刘鋹以为要毒杀自己，居然放声大哭起来。宋太祖笑而取酒饮下，刘鋹大感惭愧。太宗即位后，这家伙全无廉耻，很会拍马屁，曾经当着太宗和各位降王的面说：“朝廷威名远播，四方僭号窃位的君主，都望风归降。我来得最早，希望可以手持棍棒，成为各国投降君王的老大。”宋太宗因此大笑。从太宗对他的态度来看，恐怕不会去杀他，也用不着杀他，但他的天寿却只有这些。

吴越国主钱俶，原名钱弘俶，为避太祖、太宗父亲的名讳而改名钱俶。吴越国一直采取“保境安民”的政策，事奉宋朝十分恭敬。太平兴国三年（公元978年）奉旨入朝，钱俶祭别先祖陵庙时，失声痛哭：“刑儿不孝，不能守祭祀，又不能死社稷。”悲伤得几乎不能站立。杭州的老百姓同情他的遭遇，在西湖边建保俶塔为他祈求平安。钱俶到了开封后，也被扣留不放，只好宣布纳土归宋，献两浙十四州之地。太宗端拱元年（公元988年），钱俶六十大寿，宋太宗遣使祝贺。当夜钱俶暴毙，或有怀疑其被毒杀者。

五代已归于宋，十国也只剩下了北汉，太宗的目光投向了北方的土地。

第五章
王师北伐，杨家将究竟死于何人之手？

1

历史教材告诉我们：中国历史上有四次从分裂走向统一，分别是秦、晋、隋、宋。严格来说，结束五代十国局面，最终一统江山的是宋太宗而不是宋太祖。

太平兴国四年（公元979年）五月，宋军攻克太原，北汉主刘继元投降，才把“十国”中的最后一国灭掉，结束了五代分裂割据的局面。

统一的方略当然是在建国之初宋太祖的时候就已经定下的。还记得赵普家的那一场雪夜烧烤吗？我们在前面说过，宋太祖和赵光义两兄弟在一个下着大雪的夜晚，踏雪来到赵普家中，赵普的妻子亲自为他们围炉烤肉。这一幕“雪夜访普”的佳话当然不仅仅是为了显示君臣之间的亲密无间，事实上他们是在讨论一个重要的问题，那就是统一的先后问题，也就是征服各个割据势力的先后次序。从某种意义上说，这是一次大宋朝的“隆中对”，三个姓赵的凑成了一个诸葛亮。

根据那一晚的讨论，他们确定了先易后难、先南后北的征战方略。现在，这个方略已经基本执行完毕，只剩下北汉这块最后的“骨头”还没有啃下了。

北汉其实是五代十国中疆域面积最小的一个国家，全盛时也只有十二州之地，大概相当于今天山西省的中部和北部。北汉的开国之主刘崇是五代后汉高祖刘知远的弟弟。刘知远这个人，喜爱戏曲的应该知道，有一本戏叫《刘知远白兔记》，讲述五代时刘知远在李文奎家为佣，李以女儿三娘许配。文奎亡故，刘知远外出投军，三娘备受其兄折磨。她磨房产子，托人送到刘处抚养。十六年后，其子射猎，追踪白兔得遇失散的母亲，全家团圆。近代的许多剧种都有此剧目，所以刘知远也大名鼎鼎。但在真实的历史上，刘知远却没有像戏曲上那样形象光辉：他跟后晋石敬瑭一样，也是契丹人的“儿皇帝”。后来，郭威从他儿子手中篡夺了后汉政权建立后周，刘知远的弟弟刘崇就在太原继续扯着“汉”字旗号，史称“北汉”。

北汉虽然地瘠民贫、国力微弱，但刘崇结辽国为后援，奉辽帝为叔皇帝，有辽国人撑腰，再加上太原城从春秋战国时期开始就历年加固坚不可摧，所以中原政权从郭威到柴荣再到赵匡胤几度征伐也没能奈何得了它。

现在，赵光义决定完成这个历史使命了。福建陈洪进和吴越国钱俶先后纳土归宋后，太祖皇帝当初说的那张“卧榻之侧”，就只剩下北汉的刘继元（刘崇之孙）了。

陈洪进和钱俶的纳土归宋当然让宋太宗过了一把“不战而屈人之兵”的瘾，但在潜意识里，他还是希望亲自指挥几次战役，以向世人昭示自己的赫赫武功。当年的唐太宗不是东征西讨，四处奏响《秦王破阵乐》吗？宋太宗相信自己也是一位不世的军事天才，他要完成周世宗柴荣和太祖赵匡胤都没能完成的任务！

太宗招来大宋朝的最高军事长官、枢密使曹彬。

曹彬是后周太祖郭威妃子张氏的外甥，是宋朝的开国元勋，也被称为大宋朝的第一名将，曾参与平灭后蜀、主持灭亡南唐的战斗。曹彬这个人在军事上倒没有显示出特别的才华，但清谦畏谨的性格却更让人印象深刻。灭亡后蜀和南唐后，别的将领纵兵掠杀不可一世，曹彬却约束部下不肯滥杀一人。他家的堂屋已很破旧了，家里人想修葺一下，他却说："现在正是严冬时节，墙壁瓦石之间有许多小虫躲着过冬，不能因为修屋而伤害了它们的生命。"像这般仁慈地爱护生灵显出了他的菩萨心肠。而他为人又谦恭谨慎、处事低调，从不居功自傲。平定江南李煜回朝后，他只是从边门入宫去见太祖，札子上只说："到江南办理公事回朝。"

宋太宗当然也很倚重曹彬，太祖朝的大将们大部分已经被"杯酒释兵权"解甲归田了，唯有曹彬和潘美还活跃在太宗朝，潘美的女儿和曹彬的孙女后来分别成了宋真宗和宋仁宗的皇后。这两位大将死后也分别成了太祖和太宗庙里的配享功臣。

当下，太宗问曹彬："北汉屡攻不下，是不是因为太原城坚难摧？"

太原的坚固当然是世人皆知的。这座古称晋阳，又称并州的城市三面环山，"控带山河，踞天下之肩背""襟四塞之要冲，控五原之都邑"。从春秋时期晋定公建城以来，山川形势就为天下之冠。春秋末年，晋国的智伯率韩、魏二家围攻太原赵氏，水淹火烧都没能叩开城门，最后还被赵氏反转，形成三家分晋的局面。唐高祖李渊更是以太原为基地，打下大唐江山。五代十国时期，后唐、后晋、后汉、北汉，或发迹于晋阳，或以此为国都，一时间太原名声显赫，传为

“龙城”。

曹彬当然知道宋太宗的心思，所以他回答：“太原虽固，但并非坚不可摧。当年太祖征太原不克是因为军中瘟疫流行，才不得不撤军。”

对于曹彬的回答，太宗很满意，他又继续问：“那么，我想现在对北汉用兵，卿以为如何？”

“国家现在兵精粮足，人心思附。如果现在征讨北汉，正如摧枯拉朽，势如破竹。”

有了军中大佬的支持，宋太宗信心更加充足，决定御驾亲征。考虑到这毕竟是自己第一次亲自指挥的重大战役，太宗还是不敢掉以轻心，做了周密的安排：任命另一位军中大佬潘美为攻打北汉的主帅，名将曹翰为先锋。

曹翰是曹彬的宗亲，平素作战勇猛，性格狡诈而多智谋，他也是曹彬平灭南唐时的先锋。据说他曾向太宗献诗，诗中有“曾因国难披金甲，耻因家贫卖宝刀”之句，太宗壮其意而赐巨钱，对这位猛将狠加一番笼络。

为了预防辽国对北汉的增援，太宗又调集大将郭进专门负责阻挡辽国的援军。

宋初名将中有两位名字都有“进”字的，分别叫党进、郭进，宋人习惯于称他们“党太尉”“郭太尉”。

党进是宋太祖打天下的一员虎将，连辽国的皇帝都闻其大名特地向宋使打听他的情况。只可惜他跟大多数的虎将一样，也是目不识丁，连自己统率多少人马都搞不清楚。他怕皇帝一旦问起这个问题不好交代，就让人将他所率各队人马的数字都写在随身武器大棒子上。有一回，宋太祖果然问他这个问题，党进看着大棒子，没想到手下人写得太复杂了，他一个字都不认识，支吾半天没答上来。太祖催问，党进情急之下只好递上大棒子说，全在这上面！

有关这位党太尉的笑话故事早已是大宋民间流传最广的段子了。党进的儿子不听话，党进的老母亲便罚孙子跪在雪地里思过，党进回来看到后也脱了衣服打着赤膊跟儿子一起跪在雪地里。党进母亲不知道他搞什么名堂，连忙出来询问。党进说："你责罚我的儿子，我就责罚你的儿子！"还有一次，朝廷派他前去"防秋"。所谓防秋，是指一入秋后，为了防止游牧民族趁着秋高马肥时南侵，边防军加派警卫，调兵防守。按照惯例，大将陛辞要向皇帝表表决心，他的幕僚也给他在笏板上写好了说辞。结果，他还是读不清爽，牛头不对马嘴地说着毫无逻辑的话："臣闻上古其风朴略，愿官家好将息。"搞得两旁的侍卫都忍不住掩口而笑。

但也有人说他外表鲁莽，其实内藏心机。党进不喜欢人家养宠物。在他看来，做人尚不能养父母，怎么反而去饲禽兽？所以，他在市井中看到有买卖宠物的，一律都抓起来。有一天，他看到一个养鹰的，立即喝令将鹰放了。那个养鹰的悄悄对他说：这是晋王（赵光义）让养的。党进一听立马换了副嘴脸，屁颠颠跑到肉铺去买了几斤肉送给那只鹰吃，还郑重其事地告诫养鹰人：好生养着，无使为猫狗所伤。

这么一位好鹰犬可惜早在一年前已经死了，所以只剩了郭太尉。

郭进也是一位有个性的虎将。宋太祖的时候，他出任西山巡检，有人控告他暗中勾结北汉，将有异心。宋太祖对自己的亲信大将还是用人不疑的，认为是那个人有意陷害忠臣，便下令将告密者缚送到郭进军中，让郭进自行处置。郭进却不杀那个人，对他说："你敢向皇帝告发我，也够大胆的。你就再大胆一回替我去拿下北汉的一城一寨，我不但不杀你，还会向朝廷替你请赏。"一年之后，那个人果然诱使北汉的一个县城来投降郭进。郭进就呈报朝廷，请朝廷赏那人一个官职。宋太祖对那人说："你诬陷我的忠臣，这一点小小的功劳只能赎你的死罪罢了，奖赏是不可能的。"就命令把那人又送回到郭进那里。郭进却再一次替那人请赏，并且说："如果我失去了信用，今后还怎么用人？"于是，宋太祖便赏了那人一个官职。这则故事记录在欧阳修的《归田录》里，一时传为佳话。

太平兴国四年（公元979年）二月甲子日，宋太宗从汴京出发，御驾亲征北汉。一路上，旌旗蔽空，刀戟林立，浩浩荡荡，威风八面。四天后，到达澶州前线，澶州临江县的主簿宋捷在路边接驾。主簿是县令的助手，只不过是八品的小官，原本是轮不到他接驾的。但澶州的地方官显然也是动了一番脑筋的，让他第一站接驾。果然，宋太宗听说宋捷的名字，大喜道：宋捷、送捷，好兆头！这位边塞小官因为父母给取了个好名字，天赐洪福挡都挡不住了。

皇帝也有迷信的。

这一趟作战看来是胜券在握，宋太宗确实很从容，在澶州还"观鱼于河"，胜似闲庭信步。

而从澶州进军攻打北汉，这一路对大宋将士来说也已经是熟门熟路了，从后周世宗柴荣开始到宋太祖赵匡胤，数度北伐走的都是这条路线。而北汉的将士对战事也有一个基本认识，那就是一路退缩，固守太原，等待大辽国出兵支援。

就这样双方似乎有了默契，战事进行得十分顺利，旬日之内已经兵临太原城下。宋太宗挥鞭一指，将整个太原城围得水泄不通。

在出征之前，太宗已经从禁军中挑选了数百勇士苦练武艺。这些武士都颇有表演天赋，能够将剑高高抛向空中，然后身躯左腾右挪，再将剑稳稳接住。太宗在宫里接待辽国使者时，曾让这队武士表演，据说看得辽国使者心惊胆战。这会儿，他又把这支杂技团带到了太原城下，武士们使出浑身解数，表演得更加惊险离奇。太宗行事，颇喜一些华而不实的虚招，这种性格基因也遗传给了他的子孙。他的儿子宋真宗后来搞“天书”“封禅”，多少也有这方面的因素。

但攻城毕竟不能靠杂技表演。太宗训练的这批杂耍武士顶多只能算军中文工团，真正上阵打仗是派不上用场的。

太原城下的战斗还是进行得激烈而残酷。大将李汉琼都被城上的箭射中头部，血染战袍。李汉琼也杀得兴起，支撑着身子继续战斗，不肯下火线。太宗急忙命人将李汉琼抬回自己的大帐，亲自为他敷药包扎。太宗自己也冒着箭雨，几次到城下督战。

各军将士听说皇帝亲蹈险地、身先士卒，也都大受鼓舞，个个争先，人人奋勇，喊杀声震天动地。

主将潘美对皇帝的安危不敢大意，调来万余名弓箭手，在太宗的乘舆前一字排开，轮番向城上射箭，以期压倒敌人的火力。箭矢一根根飞进城内、插进城墙，将城墙射得像刺猬一般。北汉主刘继元倒也有意思，学起了草船借箭的诸葛亮，下令十个钱换一支箭，居然得了一百多万支。太宗听说后，也不以为意，笑着说："这些箭都是替我贮存的。"

让刘继元感到水深火热的是辽国的援军苦盼不至。早先几次，中原军队开到，辽国援军也随即而至，所以刘继元每每有恃无恐。但这一回不知怎么的，援军却没了消息。

刘继元哪里知道，他苦苦盼望的辽国援军已经在城外的石岭关被郭进杀得大败而归。

石岭关也是宋辽两军经常交锋的地方，大家交手无数次，道路情况都熟悉，难免有些大意。辽军这次就吃了大意的亏，明明知道宋军已经严阵以待，却偏偏还要在关南的白马岭涉涧前进。他们以为中原的军队都是宋襄公的仁义之师不击半渡之兵。没想到郭太尉可不管这一套，辽国正从一条水流湍急的大涧上涉渡，郭进就指挥宋军发起了猛烈的进攻。这一仗杀得辽军溃不成军，辽国的冀王父子和几名大将都当场阵亡，白马岭涧水尽赤！辽国主将耶律沙只好带着残兵败将退回辽国。

当刘继元得知辽军败绩，彻底心理崩溃。一片降幡出太原，他终于成了刘鋹、孟昶、李煜之后的又一个降王。时在太平兴国四年（公元979年）五月，五代十国的分裂割据终于结束，大宋朝宣告江山一统。

胜利来得如此轻而易举！太宗皇帝不禁踌躇满志。他下令将坚固的太原城举火焚毁，改为平晋县，另筑新城安置百姓。《宋史》记载，这一天太宗皇帝“幸城北，御沙河门楼，尽徙余民于新城，遣使督之，既出，即命纵火”。当然，也有其他的史书记载，太原的老幼来不及撤出，都被烧死在城里，死者无数。

历来征战，反正都是“兴，百姓苦；亡，百姓苦”，这也不用说了。不过，太宗毁太原旧城还是留下了一个巨大的后遗症：靖康年间金兵南下，粘罕率军围攻太原。太原新城远没有老城坚固，地理位置也不如老城。女真人在旧城遗址上筑起一座城池，以围困太原孤城。数月之后，太原终于陷落。失去了国之屏障后，开封也终于历经浩劫。这恐怕也是冥冥中自有天意吧！

太宗皇帝三个月攻灭北汉，自信心爆棚，便想着乘胜扩大战果，收回被石敬瑭割让给辽国的幽云十六州。

宋朝攻打北汉的时候，辽国一面出兵救援，一面也派使者来做外交斡旋。宋太宗当着辽使的面，义正词严地说:“河东逆命,所当问罪。若北朝不援,和约如旧,不然则战。”

现在,辽国的援军都已经被大宋消灭了,看来,与辽国的战争是不可避免了。

2

据说赵匡胤当了皇帝后曾积攒起一笔私房钱,称为“封桩库”。他南征北战讨平了中原诸国,牢牢金箍手地将战利品都收入他的“封桩库”里,每年国家的财政积余也都存入这个银库里。做皇帝做得这么节约,大概也只有清朝的道光皇帝可以跟他相比了,据说道光皇帝连身上的龙袍都是打了补丁的。不过,赵匡胤倒不是吝啬财物,他有自己的储蓄计划,是想蓄满五百万缗钱后,去向契丹赎回被后晋石敬瑭割让的燕云十六州。

缗,原意是穿钱用的绳子,也用来代指成串的钱。一千文钱为一缗,五百万缗就是五十亿文钱,按照购买水平来折合,今天的一元钱相当于当时的一文钱,那就是五十亿人民币了——可真不是个小数目!

赵匡胤为什么要不惜血本去赎回燕云十六州呢?因为

这燕云十六州从战略上讲实在是太重要了。从今天的版图上看，十六州包括北京、天津、河北、山西的一大片土地，东西约六百千米，南北约二百千米，面积约十二万平方千米。当年，石敬瑭甘心做契丹人的“儿皇帝”，将这十六州之地割让给了辽国，使得千余年来中国人修筑的万里长城，到此失去了作用，因为敌人已经越过了它，长驱直入。从十六州最南面的地方到当时大宋朝的首都开封，五百千米间，一望平原，没有一个险要的关隘可以阻挡敌骑，门户完全洞开，契丹人随时可以南下牧马。所以，赵匡胤一心想赎回这十六州之地。

职业军官出身的皇帝赵匡胤怎么没想到用武力去收复燕云十六州呢？他这样攒钱赎地是不是做得太窝囊了呢？

其实在这个问题上，赵匡胤的想法还是很理性的。他太了解契丹的军力了：契丹原系游牧民族，全民皆兵，十五岁以上五十岁以下的老百姓都要服兵役，而且是自备马匹甲仗。契丹的军队组织分为亲卫军、部族兵与属国兵三大类，亲卫军是战争主力。据《辽史·兵卫志》所载，仅亲卫军中御帐亲军宫中骑兵，就有六十多万，都是精锐的壮丁。所以，辽人战斗力很强，绝不是汉人所能及的。宋太祖是懂军事的，他知道新兴的宋朝绝不是北方辽国的对手，所以才自甘屈辱，采取务实的政策。他不敢和辽人启衅，只派遣重兵扼守边境，并存留一个北汉政权作为宋、辽之间的缓冲地带。宋太祖在位的十多年，契丹也未大规模入寇，双方边境得以安宁。在开宝八年（公元975年），也就是宋太祖在位的最后一年，辽国景宗甚至遣使来媾和约，宋亦遣使报聘。

另一方面，打仗毕竟对老百姓是一件痛苦的事。作为一名刚刚立国的皇帝，赵匡胤看到纷乱五代给老百姓带来的巨大灾难，他也想与民休养、与民生息，化干戈为玉帛。应该说，想到用经济的手段解决政治问题的，赵匡胤是中国历史上的第一人，他的这种和平发展的理念，就是在今天处理国际事务当中也有着积极的意义。

可惜赵匡胤还没有凑齐这笔巨资就被谋杀，“晏驾”归西了。

赵匡胤的继任者宋太宗赵光义没有哥哥那样的耐心，他不想用自己的钱去解决这个历史遗留问题。另一方面，即位之初面对着朝野上下对他继承皇位合法性的质疑，他也急于转移视线，将国内矛盾转化为国际矛盾。如果能够凭借武力去收复燕云十六州，建立起汉武、唐宗那样的武功伟业，那当然是再好不过了。

一介文士出身的赵光义不明白“兵者凶器”的道理。他对打仗本是外行，却又不免好大喜功，看着中原的一统江山有些沾沾自喜、忘乎所以，于是连连挑起边衅，与辽国开启战端。

从公元十世纪末到十一世纪初的二十年间，宋辽两国一共发生了三次重大的战争。

第一次是在太平兴国四年，也即公元979年，宋太宗御驾亲征消灭后汉帝国，彻底结束了五代十国的历史后，兴奋地打算一举收复失地。事实上，他出兵北汉时，就已有了对辽开战的打算。辽国驰援北汉的军队被宋军击败，更使宋太宗感到从辽国手中夺取幽云的时机已经成熟。但此时，宋朝的将士们大战之余，已疲惫不堪，原来满心希望征服后汉之后得到休息和赏赐的，现在全部落空，还要徒步六百余千米，越过连绵险恶的太行山脉，去进攻数量庞大的强敌，所以军心不振、厌战情绪弥漫是当然的事情了。当宋太宗车驾从镇州出发继续北征时，随从六军居然有好几支部队没有按时到达，军心涣散已经暴露无遗，可惜宋太宗视而不见。一方面，他不够宽厚，没有体恤下情、听从谏言、见好就收；另一方面，他又太过宽厚，没有采取严厉的措施整束军纪，以至于军心更加松懈。更糟糕的是，他们现在碰到的敌人已经不是衰弱的后汉帝国，而是虎狼之师辽军。宋军攻打幽州城，十一天未能破城，辽国的援军已经源源不断开来。在幽州城西高梁河，也就是今天的北京西直门外，双方展开了激战。劳而无赏的宋朝士兵终于愤怒了，居然乘酣战时叛变，反击他们的太宗皇帝，于是全军崩溃。赵光义腿部受伤，逃回河北涿州。辽军紧追不舍，赵光义已经不能骑马，狼狈地爬上驴车奔驰，才算逃脱，留下的是一万多具士兵的尸体。

宋太宗虽然是文人出身，但似乎很想给人一种军事家的感觉。在一次战斗中，他甚至学诸葛亮的样子，在后方亲自制定阵图，分兵布列八阵迎敌。前线将领登高瞭望，见辽军东西连绵密布，不见首尾，而宋军所布八阵，则各自相去甚远，稀稀疏疏的样子。士兵们看到这种情况不由地对他们的皇帝钦定的战术产生了怀疑。幸亏前线将领还不是一心唯上的蠢蛋，毅然担起责任改变了阵形，重整军队，才算挽回了败局。

宋太宗这种自诩诸葛亮的做法开了一个很坏的先河。他将宋太祖苦心经营、为抑制武将权力过大而进行的兵制改革引入了一条歧路，而宋太宗的继任者们在这条歧路上越走越远，终于走上了一条绝路。可以说赵家天子开始是沿着真理的道路前进的，但终于行差踏错，变成了彻头彻尾的谬误，并且形成了一套谬误的制度，那就是史书上所谓的“阵图钳制”。

阵图钳制是一种相当令人无法理解的做法，它的具体做法是：“图阵形，规庙胜，尽授纪律，遥制便宜，主帅遵行，贵臣督视。”意思是，打仗时，由皇帝和几位大臣在皇宫庙堂里制定好作战阵图和战略战术，前线将领不许更改，遵照执行，再派亲信的文官或宦官在旁监督。这种彻头彻尾的外行指挥内行的做法，肯定不是职业军官出身的赵匡胤制定的，宋太宗的对辽作战开了一个很坏的先河，从此之后，我们翻遍史书，也很少能够看到宋军打出什么漂亮的胜仗了。在这种制度下，军队能够不弱反倒是奇怪了。

当然，这些都是后话了，我们还是接着说宋太宗对辽作战。

第一次伐辽失败自然在宋太宗心里落下阴影。但树欲静而风不止。第二年，也就是公元980年，辽国为了报复，反攻宋境，战争再度爆发。

这一次，中国人家喻户晓的“杨家将”登场了。

这一年的三月，辽国的十万大军围攻宋朝的雁门（今山西代县北），镇守雁门的就是杨家将的第一代老令公杨业。

杨业原先是北汉的著名将领，人称“杨无敌”。据《十国春秋》记载，刘继元献城投降，宋军正要开进太原城时，杨业独自在城头拈弓搭箭，孤胆英雄阻止宋军进城。太宗爱惜人才，让刘继元出面好言抚慰，才劝得杨业归宋。太宗当即封他为右领军卫大将军，还解下自己腰间的玉带赠给杨业，以示恩宠。这会儿，他替大宋朝镇守在雁门关。

杨业命令部将踞断雁门峡谷南口，自己率麾下数百轻骑，自西陉绕出峡谷北口，从辽军背后南向袭击，大败辽兵于峡谷中，杀死辽国的节度使、驸马侍中萧咄李，生擒其马步军都指挥使李重诲，缴获铠甲马匹无数，辽军仓皇逃回。经此战后，契丹人对杨业大为畏惧，每当与宋军作战，一望见杨业旌旗，即退兵遁去。

十月，辽景宗重整旗鼓，亲率大军侵宋雄州，围攻瓦桥关。宋军夜袭辽营，但却被击败，战事遂告不支，一路溃败到莫州（河北任丘）。宋军在莫州组织反击，又遭败绩。宋太宗见战事不利，下令亲征。走到河北大名，距莫州直线距离还有二百八十千米，他不走了，宣布驻跸。大概是想起坐驴车逃跑的滋味不好受。好在辽景宗也怕遭到宋军夹击，遂率军北撤。一场战事潦草结束。

这场战争恐怕就是戏曲舞台上“金沙滩”“双龙会”的原型。其实，瓦桥关战役，杨家将没有参与，杨业一直守着雁门山一线呢。至于双龙会也是子虚乌有，虽然两个皇帝都御驾亲征了，但宋太宗和辽景宗两条“龙”，根本没有会面，当然也就不存在杨大郎冒充太宗去赴会牺牲的事了。小说、戏曲毕竟与历史有很大的差距。

第三次宋辽战争发生在公元986年，宋太宗雍熙三年，历史上称为雍熙北伐。

早在四年之前的太平兴国七年（公元982年），辽国的政局发生了变化，辽景宗病死，十二岁的幼子即位，大权旁落在其母萧太后手中。欺人孤儿寡母，是赵氏的一贯作风，尽管三百年后赵氏的孤儿寡母也终将由蒙古人来欺凌，但此时，赵宋的皇帝肯定是预见不到这些的。再说，赵光义已经经过了六年的准备，他决定乘机向辽帝国发动总攻。

这一次声势搞得很庞大，一共分三路兵马进军。东路军由征服南唐的帝国名将曹彬率领，十万人马从雄州（今河北雄县）出发，主攻目标是幽州；中路军以田重进为主将，由定州（今河北定县）向飞狐关（今河北涞源北）进军；西路军由征服南汉的另一名帝国名将潘美率领，由杨业镇守了八年的雁门出发，攻山后诸州，杨业就是西路这支军队的副帅。

宋太宗打算让曹彬的东路军先虚张声势，缓慢向幽州进发，以牵制辽军主力。由中路、西路担负实际的攻城掠城任务，然后三路人马一齐对幽州展开钳形攻势，攻取幽州。

战争一开始，宋军节节胜利，进攻得太顺手了，尤其是中路、西路，捷报频传，收复不少州县。这两支友军的胜利，使得东路军看得眼热起来：一支拥有重兵的部队却未能破敌，使东路军的将士感到十分羞愧，于是他们纷纷请战。被称为有宋第一名将的曹彬也终于按捺不住，遂不按原计划行动，贸然向涿州进发。不幸的是，他遇到了同样被称为辽国一代名将的耶律休哥；更不幸的是，萧太后与辽圣宗的援军也赶到了。双方在涿州西南二十千米的岐沟关会战，长途奔波的宋军终于疲惫不堪，大败一场，“无复行伍”——连阵脚都乱了，队伍都整不起来。曹彬只得收拾残部，夜渡拒马河南归，又遭辽兵追袭，宋军人马践踏，死者无数。东路主力部队宣告失败。

这位曹彬在宋太祖时代是一位非常有名的将领，为太祖统一中原立下过赫赫战功，从来没有打过败仗。到了宋太宗时期，应用他那套外行指挥内行的战法节制将领，结果，同样还是这位曹彬，便被打得七荤八素，差点把命都丢在战场上了。

由于主力的挫败，中路、西路军原已取得的战果也必然保不住了。宋太宗急令班师，中路军是全军返回了，但西路军却出现了问题，杨家将最惨烈的故事上演了。

潘美、杨业的西路军本来是三路人马中战绩最为喜人的一支部队，出师仅两个月，便收复了朔、寰、云、应四州之地，兵锋直抵桑乾河。但由于东、中两路大军的溃退，他们却成了孤军深入。契丹调集十万精锐，全力向潘、杨部占领的寰州压来。潘美领兵与辽军大战于飞狐口，结果大败。宋太宗于是命令潘、杨率军护送朔、寰、云、应四州百姓迁往内地。

在当时大兵压境的时刻，要完成这一任务非常艰巨。在具体战术上，西路军的最高指挥官之间出现了分歧。杨业主张不要同辽军主力正面交锋，绕道而行，并且提出一个切实可行的方案：先派人密告云、朔等州守将，等我军离代州北上时，令云州民众先出。我军到达应州时，契丹必定会派兵迎战。这时，命令朔州民众再出城，同时派骑兵接迎，另派1000名弓箭手守住途中的石碣谷口，这样百姓就可安全内迁。

对于杨业这个方案，以蔚州刺史身份出任监军的王侁(音申)和军器库使、顺州团练使刘文裕等人却坚决反对。王侁指责杨业“领数万精兵而畏懦如此”，空有“无敌”之号，见敌不战，是另有二心，对宋朝不忠。而作为主帅的潘美刚刚经历了飞狐口之败，从内心上讲也许认同杨业的主张，但考虑到监军的特殊地位——所谓监军，是代表皇帝来督战的，就是我们前面讲的所谓“贵臣”——潘美不敢发言了，他竟对两种意见不置可否。杨业被王、刘等人无限上纲上线地戴上了畏敌甚至不忠的帽子，逼得无路可退，只得说：“我不是怕死，只是时势不利，白白让士兵们去送死而不能立功。今天你们既然指责我不去死，我在你们面前先去死就是了。”

临行前，职业军官之间还是可以有交流的。杨业流着泪对潘美说：“我此行必定失利。我本是北汉的太原降将，早就该处死了，但皇上不杀我，反而让我带兵。我不是故意放着敌人不去出击，而是想寻找机会，争取立尺寸之功以报国恩。现在他们指责我避敌，我当先死于敌。”他要求潘美在陈家谷（今山西朔县南）布置步兵强弩，分左右两翼准备救援，等待他转战至此，就用步兵两面夹击来救应他。否则，“无遗类矣”——必定是全军覆灭了。

潘美答应了杨业的要求，当即与王侁一起领兵在陈家谷布阵，准备接应。从寅时到巳时，在陈家谷的王侁见杨业出发已经四个时辰还未回来，以为杨业一定已经将敌兵击退。为了争功，他竟不顾原来的约定，领兵离开了谷口向前进发。潘美显然对这位监军缺乏有力的节制，居然管不住，也跟着离开了陈家谷。他们沿着一条河流向西南行进了十千米，却得到了杨业已经战败的消息。这个时候，他们竟不想办法前去接应，反而率军掉头逃走。

杨业率军且战且退，从中午一直战斗到天黑，转战至陈家谷口时，却不见有宋朝的一兵一卒接应！

杨业知道自己难逃全军覆没的命运，不由得拊膺大恸，与七十三岁的部将王贵一起抱头痛哭。当契丹兵从四面八方蜂拥而至时，他对身边仅有的一百多个疲惫不堪的士兵说："你们各有父母妻子，如果同我一起战死没什么益处，不如各自寻找生路，待敌人散去后，把战斗的情况向朝廷报告。"但这一百多名士兵没有一人肯离去，于是他们继续奋力作战。老将王贵战死了，杨业的儿子杨廷玉也战死了，杨业身被数十创，还手刃了数十名辽兵。最后，他的马受了重伤不能奔驰，终于被俘。

与小说戏曲颇有出入的是此战中杨家第二代只有一个廷玉在父亲身边，并且与父亲一起壮烈牺牲。另外，杨业也不是撞死在李陵碑上的，而是被俘后绝食三天，死于被押往燕京的途中。

对于杨业冤情的昭雪，正史上没有记载，山西的地方志上记载，是他的妻子折氏（并不姓佘）向朝廷提出了控诉，宋太宗最后将潘美降官三级，并把王侁、刘文裕革职发配，同时授予杨业的另外六个儿子延朗（即杨延昭）、延浦、延训、延环、延贵、延彬官职，以志表彰。

在后世小说戏曲中，作为西路军主帅的潘美被塑造成奸臣潘仁美的形象备受指责，成了陷害杨家将的罪魁祸首，而真正的祸首王侁、刘文裕倒没有人提起他们了。事实上，潘美尽管对杨业之死负有不可推卸的责任，但要说他存心陷害倒是冤枉的。

根据史书记载，杨业归宋后镇守边地屡立战功，“主将戍边者多忌之，有潜上谤书斥言其短”，宋太宗读了这些上书后对杨业并不追问，反而将这些奏章密封起来交给杨业看，以示信任。

那么这个“主将戍边者”是否就是潘美？从当时杨业与潘美的官职来看，似乎应该是潘美。杨业的官职是知代州（今山西代县）兼三交（今山西太原北交城营）驻泊兵马都部署；潘美的官职是北路都招讨，判太原行府事，兼三交都部署。太原府是当时整个北防的大本营，从身份上看，潘美应该是杨业的上司。但“主将戍边者”是否就是一个人呢？史书上记载“主将戍边者多忌之”，从“多”字看来还不止一个人。因为宋朝的北防战线很长，镇守一方的主将不止潘美、杨业一线，其他应该还有许多方面军，所以这个“主将”不一定就是杨业的顶头上司潘美。如果就此推断潘美从前曾上谤书告发杨业似乎缺乏有力的证据。

根据史书记载，潘美与杨业还有过好几次友好合作，在雁门关下大破辽军。杨业曾在契丹军出入的各个要道口，连续修建了阳武寨、崞寨、西陉塞、茹越寨、胡谷寨、大石寨（均在今代县、繁峙境内）六个兵寨。像筑城修寨这样的事，要是没有上司潘美的支持，杨业恐怕也难以为继。

宋太宗在决定北伐时，任命潘美为西路军主帅、杨业为副帅，更可证明当初上谤书的一定不是潘美了。因为如果当初是潘美谤告杨业的，而宋太宗又已经将潘美的谤书交到了杨业手中，那么他就应该知道潘、杨二人有矛盾，也就不会做出这样的安排了。何况北伐分三路兵马，如果潘、杨有隙，完全可以将他们分属两路，而不必造成将帅不和的局面。

事实上，从杨业临行时对着潘美哭诉，并且要求他派兵驻守陈家谷接应这一行为上来看，杨业还是信任潘美，把他当作可以倾诉的、可以得到帮助的对象。

对于杨业的死节，《宋史》上记载寥寥无几，主要责任也多归于王侁、刘文裕。这当然有为尊者讳的因素，毕竟潘美的孙女（不是小说戏曲中所说的女儿）贵为大宋朝的章怀皇后；而《辽史》上记载甚详，不能不说有一些幸灾乐祸的成分，但即使是《辽史》，也没有直接指责潘美的意思。

杨业之死，作为主帅的潘美当然有责任，但要就此抹杀他作为有宋一代名将的功绩，从而将他钉上历史的耻辱柱，也是有失偏颇的。

三场战争下来，军力的高下立见分晓，宋太宗夺取燕云诸州的希望全部破灭，从此不谈收复之事。

第六章
守内虚外，大宋朝的国策说来无奈

1

雍熙北伐的失败，宋军损兵折将近30万，不但建功立业成了泡影，而且把宋太祖以来训练的精锐部队也损失殆尽，太宗心情的沉重是可想而知的。

宰相李昉因此而被罢免，太宗物色了一个新的人选，那就是状元出身的吕蒙正。

李昉其实也是反对对辽用兵的，但赵光义绕开了宰相直接与枢密院计议北伐，李昉为此还上奏章表示强烈反对。但既然出了这么大的差池，总得有个人负责，何况又有人奏报说太宗在前线与辽作战，宰相李昉不忧战事，还在家里陈列女伎燕饮欢聚。于是，太宗就免了他的职务。

吕蒙正是太平兴国二年（公元977年）殿试中由宋太宗

钦点的状元，这是宋太宗当皇帝后亲自选拔的第一个状元，也是中国历史上第一位平民中状元而拜相的传奇人物。他曾经写过一篇《破窑赋》，感叹“人生在世，富贵不可尽用，贫贱不可自欺”。后世就据此演绎了《破窑记》《彩楼记》《状元媒》这样的戏曲，说：书生吕蒙正穷得上无片瓦下无锥地，财主的女儿抛绣球招婿正巧就抛中了他。财主想悔婚，小姐却钟情，跟着吕蒙正在寒窑苦读，终于得中状元云云。这样的励志故事当然是中国人最喜闻乐见的，所以吕蒙正在戏剧时代的民间影响力很大。

历史上真实的吕蒙正也确实有过寒窑苦读的经历。当初，其父吕龟图内眷很多，却与嫡妻刘氏不和，把刘氏和刘氏生的嫡子吕蒙正一并赶出。吕蒙正母子只得在破窑居住，生活穷困窘迫。吕蒙正中状元后，太宗皇帝亲自赐给他丽景门的住宅一栋，吕蒙正就将年迈的父母接回去同住。但父母亲仍然不肯和解，住在一个屋子里但不同房间，吕蒙正对他们侍奉得非常周到，极尽孝心，也在朝野传为佳话。

吕蒙正还非常廉洁自律。据欧阳修的《归田录》记载，有一个朝士求托于他，朝士家里珍藏着一面古镜，想通过吕蒙正的弟弟把古镜献给吕蒙正。据说这面镜子能照到方圆二百里的景物。吕蒙正的弟弟找了一个机会装作随便聊天的样子跟哥哥谈起这事，吕蒙正毫不动心，笑着说：“我的脸盘只有碟子那么大，哪里用得上照二百里的镜子呢？”当时听说的人，无不叹服。

有这么好的口碑，太宗对这位“天子门生”当然也很喜爱。此前，宋太宗曾跟吕蒙正有过一次交谈。太宗询问他对征辽的看法，吕蒙正毫不掩饰地表示了对战争的反对：“在我朝以前，历朝历代也曾多次为开疆拓土而战，结果怎么样呢？隋炀帝全军覆没，国破身死；唐太宗身先士卒，却也没得到什么结果，而国内的老百姓却因战争而疲惫不堪。治国的道理，在于修内政，边远之人自然会来归顺。”

这似乎给了宋太宗一个顺势下坡的台阶。这以后太宗的言谈也开始改变，他不再高喊“收复失地，洗刷耻辱”之类的口号，而是说起了“兵者凶器，圣人不得已而为之”之类的话来。有一次，他更是对近臣们说：“国家如果没有外忧，就必定会有内患。外忧不过是边疆之事，可以预防；内患才是帝王应该时刻警惕的。”

宋太宗想拜吕蒙正为相，就是要对从前的政策做一番改弦更张的调整。而所谓的调整其实也就是回到太祖当年定下的“守内虚外”的国策上来。

但吕蒙正毕竟才只有三十多岁年纪，资历太浅，让他一步到位担任宰相恐怕难以服众。既然是回到“守内虚外”的既定国策上来，太宗便想到了当年与他们兄弟一起讨论制定国策的老臣赵普。赵普也反对雍熙北伐，曾在战前给太宗上过一道《班师疏》，吁请太宗见好就收，所以在诸多老臣中，他不用对雍熙北伐的失败负责。让赵普来撑个门面，顺便把吕蒙正提起来，显然是一个不错的主意。

于是，六十多岁的赵普又被三度拜相，而三十多岁的吕蒙正则成了副宰相、参知政事。

据说吕蒙正刚被任命为副宰相，第一天入朝走马上任，意气风发地迈开步子走在大殿上，突然听到有人在旁边窃窃私语地议论着：“这小子也当上了参知政事呀？”面对这盆当头冷水，吕蒙正装作没有听见，神情坦然地顾自走了。但是，与吕蒙正要好的同事很不满，想要追查此人是谁。吕蒙正急忙制止，不让追查。下朝以后，那些同事仍然愤愤不平，后悔当时没有逮住那人。吕蒙正却说：“如果知道了他的姓名，就会终身怀恨，还不如不知道为好。”这个故事就成了民间俗语“宰相肚里能撑船”，而宋太宗听说此事后，也赞叹说：“蒙正气量，我不如。”

赵普宦海沉浮这么多年，对于宋太宗的意图当然了如指掌，何况他也老了，早过了与天斗、与地斗、与人斗其乐无穷的年龄。所以，他跟吕蒙正相处得非常融洽，再不是当年跟卢多逊搭档时的样子了。

赵普又推荐了一位叫张齐贤的大臣担任枢密副使、同中书门下平章事，一起进入了内阁。

张齐贤跟吕蒙正年龄相仿，也是太平兴国二年（公元977年）的进士。这位年轻人据说是宋太祖赵匡胤看中的。当年，太祖西行，张齐贤以布衣身份来太祖马前献策，以手画地陈述了十件事。太祖决定择其三四事先行，但张齐贤年少气盛，一定要太祖全部依他，十件事并行。弄得太祖生气了，令左右将这狂生拖了出去。但不用归不用，太祖私下还是对赵光义说："我到西京，物色到一个张齐贤。我不打算授任他官职，但他今后可以做你的宰相。"——这种预留人才的做法，似乎也是大宋朝的"祖宗规制"。后来，宋仁宗在进士考试的科场上录取了苏轼、苏辙兄弟，回到宫中就兴奋地对曹皇后说："我今天为子孙物色了两个宰相。"——因为有了这样的伏笔，太平兴国二年的进士考试时，宋太宗原本想将张齐贤录取为前几名的，但考官们却出了差错，把张齐贤取在数十名后，归到二榜进士的行列，只好外放到州县为官。宋太宗为此还很不高兴。

张齐贤在地方上工作也干得有声有色。他勤于纠正民弊，务行宽大之政，老百姓对他都称颂有加。

他这个人相貌粗壮，食量过人，尤其嗜食肥猪肉，每顿都要吃几斤肥猪肉。当时的人喜欢服食天寿院的风药黑神丸，常人所服不超过一弹丸的量，而张齐贤常常把五七两作为一大剂，用胡饼夹着一下子全吃下去了。地方上的人从没看到过这么大食量的，全郡的人都感到很吃惊。有一次，张齐贤宴请宾客，伙房的役吏在厅堂的边上放了一只金漆的大木桶，暗中观察张齐贤所吃的东西，用相同量的食物投入桶中。到傍晚时，宴请还没结束，酒浆杂物已经盛满了一大桶，汤水满溢到桶外来了。郡里的人都感叹惊奇，认为享富贵者必有异于人也。

张齐贤粗犷如此，却也能文能武。他还曾经在与辽国交界的忻州、代州当过知州，甚至还在战斗中力挫辽军。所以，赵普推荐他担任最高军事长官的副手：枢密副使。张齐贤的主张也跟吕蒙正一样，他曾经向太宗上疏说："臣又闻家六合者以天下为心，岂止争尺寸之事，角强弱之势而已乎？是故圣人先本而后末，安内以养外。人民，本也；疆土，末也。五帝三王，未有不先根本者也。"

由此可见，这个班子的主导思想就是安内养外、守内虚外了。

太宗对这样的老少组合也十分满意。为了从失败的阴影中走出来，显示朝廷的新气象，他宣布改年号为“端拱”。

客观地说，如果宋太宗死要面子，不肯改弦更张，不放弃对辽作战，穷兵黩武，那么宋朝也许用不了多久就会被折腾完了，它就真的成了五代之后的“第六代”。而回到“守内虚外”的政策上来，沉潜向内虽然是一个不乏痛苦的无奈选择，但却是一个明智的选择。“守内虚外”的国策原本就是赵氏兄弟与赵普商量着制订出来的，现在由赵光义、赵普再加上新生代的吕蒙正来主导，可以保证政策执行不走样，也由此确立了大宋朝的所谓“祖宗规制”，奠定了宋朝的三百年繁荣基业。这是宋太宗的历史功绩。

2

宋太祖“杯酒释兵权”解除了禁军主要将领的军权，他们中的一些人被派往外地担任节度使的职务。而宋太宗则延续这一国策，进一步收权。太平兴国二年（公元977年）五月，安远节度使向拱、武胜军节度使张永德、横海节度使张美、镇宁节度使刘庭让一同赴京向刚刚继位的太宗皇帝述职。述完职，太宗就让他们交出兵权留在京中，向拱和张永德出任左卫大将军，张美出任左骁卫上将军，刘庭让出任右骁卫上将军，听起来名头都很大，其实都是个虚衔。到后来，他真正任用的大将也只有曹彬、潘美二人。

后周世宗柴荣以殿前司作为全军指挥中枢，但最终被殿前司的最高长官殿前都点检赵匡胤篡了位。其漏洞就在于殿前司长官既可调动军队，又直接率领军队。宋太宗于是改革了军制，将最高军权划归枢密院，殿前司负责带兵，但调兵要听从枢密院。

枢密院本是唐代的内朝机构，职能相当于皇帝的机要秘书，枢密使也例由中官（宦官）担任。五代以来，枢密使成了制衡中书令的实际宰相，周太祖郭威篡位前就是后汉的枢密使。而宋太宗所设的枢密院则是一个掌管最高军权的文职机构。枢密院长官大多由文官出任，文人和军队没有私交，也就保证了军权不被个别的军中大佬篡夺。

宋太宗废除了殿前都点检、副都点检的职务，殿前司只保留一个殿前都指挥使，其职能仅限于御前禁卫。同时，又将侍卫亲军马步军都指挥司拆分为马军司和步军司，以步军司驻守京师、马军司拱卫京畿。殿前司、步军司、马军司合称“三衙司”，掌握宋军最精锐的禁卫部队，但归枢密院领导，听枢密院调度。

宋太宗又将主管军事的枢密院与主管政务的政事堂（中书门下）并列，合称“二府”。枢密院的正副长官与中书门下的正副长官同为政府执政，参与国家最高决策。一方面抬升枢密院地位，另一方面也是让枢密院融入行政体系，便于皇帝和宰相对枢密院的掌控。

根据这样一套军事制度的设计，宋军要组织一次战役，首先要由二府宰相共同商议，确定基本战略，再责成枢密院调兵遣将，从驻扎各地的禁军中抽调作战部队，派遣指定的将领率兵。在作战进程中，枢密院也会随时下发指令，统一协调指挥前线各部和后勤保障。这一套思路其实就是宋太宗的“阵图钳制”。它的具体做法是：“图阵形，规庙胜，尽授纪律，遥制便宜，主帅遵行，贵臣督视。”意思是，打仗时，由皇帝和几位大臣在皇宫庙堂里制定好作战阵图和战略战术，前线将领不许更改，遵照执行，再派亲信的文官或宦官在旁监督。

这样的设计当然有利于统一指挥和战略的贯彻。黄如一先生就认为，宋太宗是军事史上很重要的一位理论家，他促成了阵图制度、参谋本部制度、军事学院体系和集团军编制等许多重要理论的形成。但临阵决机，形势千变万化，也必然因信息滞后而造成指挥失误，我们在前一章节中已经讲到过这个问题。事实上，当时朝中的谏官也看到了这一点，左拾遗田锡就上书进言："抵御敌人进攻，应以选择将帅为先。选出将帅后，就请委付他军权，让他全面负责，不必交给他阵图，也不必授予方案。让将帅因地制宜，随机应变，才是取胜之道。"

太宗虽然对田锡的上疏极谏，"诏嘉奖之"，但却没有听从田锡的意见，他更看重的是对军队的管控。

为了达到管控的目的，宋太宗还改革了军队的财饷体系。唐朝的节度使兼管辖地州郡的财政，就地取饷。宋太宗将赵普贬为河阳三城节度使后，少府监高保寅正担任怀州知州。怀州属河阳管辖，而高保寅与赵普素来不睦，不愿再受制于赵普，于是就向太宗上疏，请求罢废节镇领支郡的制度。而太宗也正有这个意思，补上太祖没有推行完全的这一削藩措施。赵普是文官，军队中没有多少根基，从他那儿开始正好。于是，太宗就诏令怀州不受河阳节制，直属京师。此后又在全国推广，诏令将后周旧地邠、宁、泾、原、唐、邓、宋、亳等39个州全部直属京师。至此，全国州、郡的行政、财政权力全部收归中央，节度使的权力仅限于本镇军事，地方行政则由朝廷派出知府、知州管理。各地驻军和前线作战部队的后勤保障由枢密院从国家财政中统一划拨，军队再无权自行从驻地征收赋税。

这么一来，将领没有了财政支配权，当然油水大减，一些将领就开始动起了走私、劫掠甚至倒卖兵器等歪脑筋。王全斌攻灭后蜀后就纵兵抢夺，军纪很差，还引起了降卒的叛乱。而那些镇守边关的将领，在榷场之外搞些走私贸易更是家常便饭。平灭南唐、平灭北汉的先锋官曹翰，就是那位写诗“曾因国难披金甲，不为家贫卖宝刀”的曹大将军，后来就因征敛之酷又兼倒卖兵器，开黑市赚钱，被人告发，按律当斩。宋太宗念其有功于朝，饶其死罪，将他削去官爵、发配汝州（今河南汝州）。曹翰在汝州一待好几年，穷山恶水算是吃足苦头。有一次，太宗密谕内侍到汝州去看看曹翰过得怎么样。曹翰一瞧翻身的机会来了，就大演苦肉计，说自己穷得叮当响，想卖宝刀都没有了，只有一件旧衣服随他征战多年，要抵当给内侍，换钱十千。内侍听他诉苦也听得乐了，说你要借钱我就借给你，还拿一件旧衣服来抵当干什么？曹翰不肯，坚持要抵押，还把衣服包裹好严封起来。内侍回京复命，太宗也纳闷：这个卖宝刀的曹翰怎么卖起旧衣服来了？里面一定有蹊跷。宋太宗让内侍打开包裹来看，这一回曹大将军没有写诗，而是画了一幅画，就画在旧衣服上，题名叫《下江南图》，描绘的就是当年曹翰平灭南唐时英勇作战的场景。太宗一看恻然，念其功劳，下旨召曹翰回京。

宋太宗还严禁将领蓄养私兵。以前的军队中将领一般都有一支贴身的亲兵护卫队伍，但将领既已没有了财赋来源，自然也养不起亲兵队伍。田锡在上疏时也曾对此进言劝谏，他还举了杨业的例子，说杨业在朔州被擒，就是因为杨业陷阵后，没有自己的心腹亲兵掩护御敌。但太宗终于没有听从田锡的意见，他的最终目的是取消将帅对部属节制、处分的权力。这当然也造成了无法弥补的弊端，使得宋军上下“兵不认将、将不识兵”，统帅不知将校之能否，将校不知三军之勇怯，极大地影响了战斗力。

军制改革大率如此，而中央和地方的行政体系也做了强干弱枝的调整和完善。

中央政府的行政首脑在太祖初年是赵普独相，后来太祖为分权又设置了参知政事作为副宰相。到了太宗朝，则将宰相一职分解为一个相当于委员会的集体议事机构。理论上讲，以“同中书门下平章事”的名义为真宰相，另以“参知政事”的名义为副宰相。太宗又设了三个馆、殿的大学士职务，由三位宰相分别担任，首相兼昭文馆大学士，简称“昭文相”；次相兼监修国史，简称“史馆相”；末相兼集贤殿大学士，简称“集贤相”。有时也会减少到两位宰相，即由昭文馆大学士监修国史者为首相，兼集贤殿大学士者为次相。而参知政事一般也设一至三员。总体构架称为“两相三参”或“三相两参”。枢密院的正副长官也参与最高决策，二府议事，同样可以看作是宰相，称“枢相”。另外，还有主管财政的“盐铁”“度支”与“户部”，合称三司，专设一使，称三司使，也叫“计相”，共商国是。枢密使与三司使地位与副相相当。各位宰相之间没有领导从属关系，彼此平等，大家都是直接对皇帝负责，接受皇帝具体指派的任务。

而在设法让权力部门、权力人物趋于平等的同时，太宗还完善了制衡体系，那就是强化御史台和谏官的功能，设计了极具中国特色的台谏制度。唐朝设御史台监察御史，负责纠察弹劾官吏，行使监察职务；另设谏议大夫，主管风闻奏事，行使舆论监督。宋朝将台谏合一，太宗更进一步规定：台谏人员由皇帝直接任命，宰辅不得推荐台谏人员，不得干涉台谏官员行使监督权力，不得与台谏官员私下交往。通过这样的制度设计，保证了满朝文武敢说真话，形成了政治清明的长效机制。

宋朝的地方分为府、州、军、监四种不同的名称，一般的地方都称州，重大的地方升格为府，军事要地称军，矿产所在地称监。十几个相邻的州合并成路，相当于今天的省，太宗时全国共分为十五路。但路内不设最高长官，而是由经略安抚使（帅）、转运使（漕）、提刑按察使（宪）、提举常平使（仓）分管军事、财政、司法和仓储赈济诸事。

宋朝对地方行政长官的委署也比较特别，地方上不设正官，其正官皆由中央官吏调派出去，性质上属于一种“差遣”，类似于今天的干部挂职，称为知某某府事或知某某州、军、监事，简称知府、知州等。如果是以中央高官出任地方长官，则称判某某府、判某某州，以示以高官兼低职之谓。地方官全由中央外放，这当然也是一种集权的手段。

太祖攻取湖南后，开始在州里设置“通判”一职；到了太宗朝，全国各州都配备了通判。通判名义上是州府长官的副贰，但事实上并非下属。通判同样都是由京官出任，知州知府的公文命令必须经“通判”的附署才能生效，并且通判还可直接向朝廷奏事，无形中等于是州官的监察了。通判们常常说：“我是监郡，是朝廷派来监督你的。”弄得知州的工作常常受到他们的牵制。有一个叫钱昆的少卿，是吴越王钱俶的侄子，世代都是杭州人。杭州人喜欢吃蟹，钱昆曾经要求外放到地方上去当州官。问他想到哪个州去，钱昆回答说：“只要能有螃蟹吃而又没有通判的地方就行了。”——这在当时传为笑话。

通过宋太宗的这一番制度设计，中央集权得到了极大的加强，国家体系也规范成熟。但为了让权力分散、互相牵制，也必然出现了叠床架屋、机构臃肿、人浮于事等问题，致使宋朝的“冗官”“冗兵”“冗费”等“三冗”现象突出，到了他的孙子宋仁宗时，就成了不得不面对与破解的问题。

3

法国的汉学家谢和耐在他的《中国社会史》中称：“十一至十三世纪，政治生活、社会生活、经济生活与前代比较，没有任何一个领域不显示出根本变化。不仅是程度上的变化（如人口增加，生产普遍发展，对内、对外贸易增长，等等），而且是性质改变。政治风尚、社会、阶级关系、军队、城乡关系、经济形式均与唐朝这个中世纪式的贵族帝国迥然不同。一个新世界诞生了，其基本特点已是近代中国的特点。”

确实，历史演进到宋之际，中国社会出现了一个重大转型：从宋朝开始，中国进入了没有世家士族的平民化社会，这种平民化社会已经有了现代社会的雏形。而平民社会的打造则首先得益于宋太宗对科举制度的改造，开创了一个崇文的时代。

赵光义即位后对科举制度进行了全方位的改造升级，不仅废除了唐代由当朝显贵公荐举人的惯例，而且打破了唐代科举考试的门第限制，让所有人都能走进考场。在宋代，只要不是残疾人，皆可应试，甚至以屠牛为业者也能赴试。对于出不起路费盘缠的穷人家子弟，政府还给他们应试补贴，“自初起程以至还乡费皆公家”。宋初，参加省试的还不过2000人；到了太宗太平兴国二年（公元977年）的第一次贡举，参试人数就增至5300人。按照《宋会要辑稿·选举上》的说法，参加发解试按5：1的比例取得乡试资格，则当时全国仅参加发解试的读书人就有10万人。

从太宗朝开始科举的录取人数也大大增加。唐代进士每科一般录取不过二三十人；太祖在位时由进士登科的，一般一次也只有十名左右，最多一次也只有35人。而太宗以后，翻了十倍，平均每科二百多人。太平兴国二年（公元977年），太宗上台后的第一次科举考试就录取了500人，比宋太祖在位期间15次科举考试录取的总数，还多出几十人。太宗在位21年，举行科举考试8次，共录取了5814名进士。宋太宗说：“朕不指望选拔十个就能得五个，只要能有一两个人才，也可以成为治理天下的栋梁。”事实上，太祖朝的吕蒙正、张齐贤、寇准等人都是通过科举进入仕途的平民子弟。

大规模的科举取士消弭了有力量抗衡皇权的士族势力，缔造了一个庞大的儒家士绅阶层。旧贵已去，新宠又起，他们取代之前的贵族门第，成为社会的中坚力量。

宋朝的科举考试也更加公平。作为平等竞争的主流途径，科举已经成为入仕的正途。唐代的科举制度要求举子们在参加礼部的考试前，将平日所做的诗文投献给主司考官及权臣名宿以作为参考，谓之“省卷”“行卷”。这样，就使得莘莘学子十年寒窗浸淫科目，殚精竭虑为搏一第之外，还得到处奔走投托，求人品评，钻营援引，也为权贵子弟把持科场造成了便利。“上林新桂年年发，不许平人折一枝。”平头百姓要想通过科举进入仕途，只能是“十攻九败”。

宋朝取消了唐代的这一做法，太宗朝开始还增加了“弥封”“誊录”等制度，也就是像今天的试卷一样有了姓名装订线。不仅如此，考官批阅的试卷还不是考生的原卷，而是经专人专门誊写的，这是为了防止考官认得考生的字迹或考生在试卷上做记号与考官通同作弊。我们今天在文玩市场看到了朱墨，除了一小部分是上贡皇帝御用的以外，大部分是供誊写科举试卷用的，誊写过的试卷也称“朱卷”。这样严格的考试制度使得科举向“无情如造化，至公如权衡”的最佳公平状态发展。无论你是高门子弟还是寒门贫士，科举面前一视同仁。

宋太宗还刻意打击考生投机取巧。早些年，他亲自考选进士时，总是把最先交卷子的录为第一。胡旦、苏易简、陈尧叟等人当年参加科举考试，都因为先交卷而获得了好名次，结果考场风气因此大变，考生们都以答卷快为时尚。有一年，孙何和李庶几同来应试，他们在当时都很有文名，李庶几尤其才思敏捷，孙何却因文思迟慢而苦恼。刚巧有谏官上疏说：“举子们轻浮不稳重，写文章不深究经义，只拿写得快来夸耀。”并举例说：“李庶几和举子们在炊饼店里作赋，以蒸熟一笼炊饼的时间完成一韵为优胜。”太宗听了大为生气。这一年的殿试，李庶几果然最早交卷，马上遭到训斥，被赶了出去，于是孙何被选为第一名。

这是朝廷向民间开放的一种笼络人才的方式，使得千千万万有才华的寒士们都能加入帝国的体制中来，彻底冲淡了以往阀阅士族的权力。太平兴国八年（公元983年）四月，太宗宣布将讲武殿改为崇政殿，标志着“崇文抑武”逐渐成为当时社会的主流思潮。

宋代的科举考试主要有进士科、明经科、武举科、医官、法律等科目，以进士科为主体。进士科录取的人分为五榜（明清后只分三榜），第一、二榜为进士及第，第三榜为进士出身，第四、五榜赐同进士出身。前三榜的新科进士通常授国子监监丞（国家最高学府的高管）、大理评事（司法部门科员）、秘书省校书郎（国家图书馆、档案馆编校）等中央朝廷的官职；如果本人不愿意留京，去地方工作则授佥判某州、知县事等。而第四、五榜同进士出身的就没有留在京城的资格了，一般都授主簿（地方政府办公厅秘书长）、县尉（县公安局局长）等地方职务。从雍熙二年（公元985年）开始，殿试又有了新变化；太宗皇帝亲自呼名召见登第进士，当面宣布考生被录取，称为“唱名赐第”。从此，能够得到皇帝的“唱名”成了大宋王朝读书人最大的光荣和梦想。

每年都有这么多来自民间的力量补充到帝国的体制中来，平民的参政权利得到了彻底的保障和巩固。出身平民的官员比贵族子弟更了解民生疾苦，而平民社会的打造也极大地焕发了社会的活力，大宋朝的繁荣由此而奠定。

对广大贫寒子弟来说，科举为他们敞开了平等参政、改变命运的大门。那些屡试不第的年迈举子朝廷也有“特奏名”的照顾，也就是说连考几十年考到六七十岁还没考上，那么皇帝赐你一个“同进士出身”，以示安慰。太宗时就有一个叫赵昌国的老儒，请求参加“百篇举”这一科的考试，也就是考试时被要求一天内写100首诗。宋太宗亲自主持了考试，结果这位赵老先生忙活了一整天，才写了几十首，水平还一般。太宗皇帝自己倒写了一首《试赵昌国》的诗:“秋风雪月天，花竹鹤云烟。诗酒春池雨，山僧道柳泉。”境界比赵昌国的不知高多少。但太宗念他屡考不中，年纪也大了，还是特赐及第。甚至还有些老童生在卷子上写：臣老矣，不能写文章了，伏愿皇帝陛下万岁万岁万万岁。皇帝心情一好，也会赐个“特奏名”。

不过那已经是没路中的路子了，一般人自然看不上它。有的人即使够了“特奏名”的资格，也往往主动放弃，宁愿皓首穷经以期一跃龙门。

对于广大官员、纳税大户的子弟，朝廷也有照顾，那就是国子监这条道路。国子监是公务员的孵化基地，进入该学校等于进入了仕途。国子监的监生如果自认为读书读得好，不满于由国子监毕业而授予的官职，也可以参加进士科的考试，但成绩再好也不授予状元。为了避免他们与寒门子弟抢名额，官方规定参加进士科的监生应与其他考生区分，另设考场，称为“锁厅试”，有点类似于今天的保送生考试。

而监生如果考不上，则要罚铜十千克——都让你读国家学院了，你还考不上，说明你太不用功，认罚！还有一条致命的规定：考不上罚过铜的监生终生不得再参加进士科考试。直到宋仁宗年间，宅心仁厚的皇帝不忍心让监生们一考定终身，才废除了这条规定。

对于那些散落在民间有名气的儒生逸士，朝廷也参照汉时察举、征召的先例给予特殊的聘召。

宋朝初年，华山上有一位著名的隐士叫陈抟。在民间传说中称他为陈抟老祖，甚至还说：他是宋太祖赵匡胤的师傅。当年赵匡胤浪迹天下时曾与陈抟下棋对赌。结果，赵匡胤输掉了，又拿不出赌资，就海阔天空地指华山为赌注输给了陈抟老祖。这些当然都是传说。后周世宗柴荣曾经召见过他，并赐号“白云先生”。据说，陈抟每次睡觉，多是一百多天不醒。但当陈桥兵变，陈抟听到这个消息时，却欣慰地说：“从此天下可以太平了。”说明此人还是很有预见力的。

陈抟以未卜先知闻名。北宋太平兴国二年（公元977年），太宗让人将陈抟请来开封。太平兴国九年（公元984年），陈抟再次来朝觐，太宗更加以厚礼相待，并且问他国运如何。陈抟说：“皇帝以至仁坐天下，以厚德服人心，运祚不必担心不长久。”

太宗听了很高兴，命内侍将陈抟送到中书省，对宰相宋琪等人说："陈抟独善其身，不为势态利益所干扰，这才是真正的方外之士啊。他在华山居住已经四十多年，估计年龄将近一百岁了。陈抟自己说他经历五代离乱之世，庆幸现在天下承平，所以来朝廷觐见，与他交谈，有许多可以受益之处。"

宋琪、李昉等人对陈抟执礼甚恭，殷切询问："先生得到的玄默修养之法，可以传授吗？"陈抟回答说："我是一个山野隐士，对当下的世道没有什么用处，我也不知道神仙炼丹化成金银之事、吐纳养生之理，无此类方术可以传授。纵然是白日飞升，又能对世间有什么益处呢？当今圣上龙颜秀异，博古通今，深究治乱，是真正的仁圣君主。现在正是君臣上下同心同德，兴化致治的时候，造福百姓就可以了，勤行修炼的功劳也不及此。"宋琪等人连连称好，把陈抟的话转告太宗，太宗对陈抟也更加器重，下诏赐号希夷先生，并赐给一套紫衣，挽留他住在朝宫，命令官吏扩增修葺他居住的云台观。皇帝还多次与陈抟诗赋唱和，非常融洽。几个月后，云台观修葺竣工，陈抟要辞别回华山去，太宗不好强留，赏赐丰厚，而陈抟却概不接受。

慕仙慕道，似乎也是历代皇帝的爱好。不过，太宗皇帝不问鬼神问苍生，还是值得推崇的。后来，他的儿子宋真宗也很尊重隐逸高士，曾想召见杭州孤山的隐士林和靖，只不过林和靖比陈抟还要隐得彻底，“天子呼来不上船”，连朝觐都不肯去。

第七章
从来治蜀，造反者打的是什么牌？

1

“能攻心则反侧自消，从古知兵非好战；不审势即宽严皆误，后来治蜀要深思。”——这是成都武侯祠内的一副著名楹联，也是历代治蜀的经验之谈。

四川青城山，位于都江堰西南，这里群峰环绕起伏、林木葱茏幽翠，素有“青城天下幽”的美誉。同时，这里也是道教名山，世外高人出入其间，蜀山剑侠闻名遐迩。这里民风剽悍，尚武好义，所谓“天下未乱蜀先乱，天下已定蜀未定”，也让历代统治者头痛不已。

宋太宗淳化二年（公元991年）六月二十四日，这一天正是传说中的二郎神生日。永康军青城县的茶贩王小波兴冲冲地跑去都江堰的灌口二郎神庙赶庙会。

封神榜里的二郎神杨戬手持三尖两刃刀，圆睁额头的第三只天眼，旁边跟着梅山六兄弟和哮天犬，威风八面。而川人则相信，二郎神姓李，是秦朝时的蜀郡太守、都江堰治水的李冰的二儿子。李冰父子治水有功，死后就成了司水之神，保这蜀地一方水土。所以，灌口二郎神庙每年六月廿四都会举行盛大的迎神祭祀活动。

二郎神庙的制高点叫离堆，坐落在离堆上面的这座宫观叫作“伏龙观”，伏龙观相传为二郎降伏孽龙之处。传说岷江上有一条孽龙兴风作浪，弄得水旱无常，百姓遭殃。蜀郡太守李冰为民除害，派儿子李二郎和孽龙大战。孽龙战败，顺流而逃。二郎找不到龙的踪迹便拿着铁链坐在一块大石上头歇息。这时，来了个老太婆，听说还没将孽龙捉到，就叫二郎把铁链给她。不久，一个黄衣人走来要东西吃。老太婆原来是黎山老母，认出是孽龙，就把铁链下到锅里，化作面条给他吃。孽龙吞下“面条”后，情知中计，扑向黎山老母。老母急呼二郎合力将孽龙擒住，锁在离堆下面的深潭里。

每年的祭祀抬神活动总是在伏龙观前掀起一个高潮。所以，王小波早早地来到伏龙观前等待着抬神的队伍到来。

一阵爆竹炸响后，紧接着锣鼓喧天，红黄两色的彩旗绣幔铺天盖地而来，十六个大汉簇拥的一副神杠上端坐着一位二郎扮相的法师。王小波看那法师，白净面色，一部美髯垂胸，倒也气宇轩昂。

“这位法师是刚来的?”他向周围的人打听。

“是喽，听说是从梓潼那边过来的，好像姓李来着。”

王小波以贩茶为生，四乡收茶八方贩运，平素就好交朋友，见那法师不同凡俗，便也有心结识。

伏龙观门悬敕额金书，户列灵符玉篆，许多道众，鸣钟击鼓，香花灯烛，幢幡宝盖，一派仙乐。那法师下了神轿，焚烧高香，设坛建醮，口里念着经号，一等信众俱各礼拜不已。

那法师当空挥剑，令人抬上几只黄表纸糊的箱子。王小波眼尖，看到纸箱上写着“蜀府库纲”字样。法师拂动胸前长髯，怒目冷对，喝令一声：“害民贼！与我烧了！”两个赤膊汉子举着火把将纸箱点燃，熊熊大火腾空而起，黑烟一道直冲上天。

王小波与周围信众一齐喝彩，现场顿时欢声雷动。

原来，宋朝大将王全斌当年率军平定后蜀，恼怒于川人的顽强抵抗，曾纵兵劫掠大索三日，弄得川地鸡犬不宁。后来，中央政府又将原后蜀府库中的财货，以四十兵为一绸，通过长江运到江陵，水陆兼运，十余年间悉归中央内库，使当地财政陷入拮据，民间怨愤积聚。所以，法师当众焚烧“蜀府库绸”，虽说只是纸糊的象征，但也叫王小波们出了一口气。

法事结束后，王小波找到正在卸妆更衣的法师。法师名叫李顺，倒也健谈。两个人下山去拣了一家酒肆，打了几角酒切了几斤牛肉，推杯换盏便海阔天空起来。

“蜀且有变，岁在甲午。”——这是李顺告诉王小波的。此前，王小波倒也听乡里人说起过。

李顺这个人说来也有点奇怪。比方说：“筷子”，他总是称“箸”；“吃饭”，他也喜欢说“用膳”。王小波觉得李顺身上有一股遮掩不住的富贵气象。几杯下肚，探听得李顺还没有婚娶，王小波便要将妹子许配于他。李顺也不推辞，两人当即结了亲眷。

2

转眼到了淳化四年（公元993年）的正月，岁在甲午。

年关年关，年年是关，王小波的日子是越来越难过。

四川原本富饶，出产丝麻、茶叶，四川的蜀锦天下闻名，还出产生活必需的食盐——岩盐，经济上自给自足，素称天府之国。但国初的一场战争，中原政府将川中财富源源不断劫走。近几年，又设置了“博买务”，垄断各类商品的贸易。布帛、茶叶都被官府控制，布帛完全由政府垄断，禁止百姓、商人私自买卖；茶叶也被划在榷买之内，价格由官府说了算，致使许多专业农户与手工业者、商贩生境窘迫。

王小波的家乡永康军青城县素以产茶闻名，茶农以采茶、制茶为生，茶商以运茶、贩茶为业。所以，王小波也经常自称“我土锅村民也”，“土锅”就是制茶所用的锅具。王小波家有几亩茶田，自家也种茶炒茶，但其实主要还是以贩茶为主。通过茶马古道，将茶叶贩运到契丹、吐蕃、党项人的地方，倒也利润不菲。但随着朝廷与契丹等族的交恶，契丹人将马匹列为禁止出口商品，中原朝廷也将茶叶、铁器等作为违禁物品。宋朝对茶叶的禁令犹如唐代对贩私盐的处罚一样特别严苛。《宋史·食货志》记载：“凡民茶折税外，匿不送官及私贩鬻者没入之，计其直论罪。园户辄毁败茶树者，计所出茶论如法。旧茶园荒薄，采造不充其数者，蠲之。当以茶代税而无茶者，许输他物。主吏私以官茶贸易，及一贯五百者死。”四川设立“博买务”后，茶禁更加厉害，官府强行收购茶叶，垄断茶叶买卖，大肆勒索民众，使茶农、茶商面临破产和失业的困境。雪上加霜的是，前一年四川大旱，许多农田茶园颗粒无收，而政府也不知抚恤。许多破产的农民只好沦为豪强地主的佃客，四川人叫“旁户”，也就是“旁下客户”的省称，这是一种地位近似奴隶或农奴的佃户，比一般佃户的身份地位还要低。

四川是个盆地，周围群山环绕，形成一道天然的屏障。蜀道之难，难于上青天，与外界出入全靠天梯石栈相勾连，川中平原自成一体，易守难攻。唐朝末年的时候，黄巢领导的起义军从中原到江南，横扫大半个中国，但却没有进入四川。倒是一些富室大户避祸入川，与当地的豪强地主结合。唐末五代，这里又先后存在过前蜀和后蜀两个割据政权。在割据政权的统治下，土地兼并日益严重，豪强地主所拥有的旁户，少的几十家，多的三五百家，甚至过千家。

王小波的几亩茶田已经被典当了出去，眼看着也要沦为旁户。他正在家里唉声叹气，妹夫李顺带着浑家来拜年了。

几杯愁酒入肠，王小波免不得恨恨地捶桌敲碗，“格老子大家穷死倒也算了，抢了老子的地，还让老子去做旁户，老子不服！”

而李顺趁着酒劲却告诉郎舅一个惊天的故事。

根据李顺的叙述，他其实是流落民间的金枝玉叶。当年后蜀为宋朝所灭，后蜀国王孟昶将新生的婴儿包裹在锦衾中，放置于摩诃池边的一只锦箱内，箱内有纸片书“国中义士为我养之”。宫人将这锦箱带出宫，辗转绵阳、梓潼等地，将李顺养育成人。李顺来到青城，就是为了回成都去报仇雪恨。

“你若不信，跟我回庙里，我有锦衾为证。”

“信！信！格老子还能不信你嘛！”王小波捶了李顺一拳，兴奋地喊起来。

“蜀且有变，岁在甲午！今年不就是甲午年吗？当年孟知祥据成都也是在甲午年！”王小波越发激动，他压低声音问：“你在庙里有多少信众？”

“不说上千，总有几百吧。”李顺的说法多少有些油水，即使是二郎神的信徒也未必肯做刀口舔血的营生。

“好，好！我这边也有一些铁杆兄弟，都是贩茶去吐蕃路上认识的，总也能拉起千把人马，咱哥俩好做一笔买卖！”

“家伙怎么办？”

“我认得几个走私镔铁的伙计，也可拿茶叶去跟吐蕃人换来。你庙里不正好存放？”

这一顿酒喝得两条汉子热血沸腾，血丝充眼。

从此之后，王小波开始在私下传播“孟昶遗孤”的故事，而蜀地的百姓同情后蜀主的悲惨遭遇，也不管真假，都将李顺唤作“李二哥”，仿佛他是李二郎附体了。

灌口二郎神庙酝酿着一场风云。

3

淳化四年（公元993年）二月，王小波、李顺扯起大旗率领百余人在青城县造反。王小波振臂一呼：“吾疾贫富不均，今为尔等均之！”——说实话，这确实是一个颇有号召力甚至可以说是振奋人心的口号，诸多沦为旁户或者是即将沦为旁户的人最见不得身边还有遍身罗绮、大腹便便的富人。这也是有史以来起义者第一次提出了“均贫富”的纲领。于是，四周百姓应者云集，很快发展到数万人，并且迅速占领了青城县城，很快又奔袭眉州彭山，攻占彭山县城。

起义军以“均贫富”为口号，所到之处即把乡里的富人大户召集来，叫他们各自申报家中所有的财物和粮食，除按人口给他们留下足用的以外，其余的全部征调，大家平均分配财富。彭山知县齐元振素以“清白强干”著称，但起义军还是从他家里搜出了大量的财物。这些财物被全部分发给贫困的农民，造反者甚至将这位号称清廉的贪官开膛破肚，并将财宝塞入他的肚子里，以宣泄他们的愤怒。

造反的队伍迅速像雪球一样越滚越大。

淳化四年（公元993年）十二月，王小波率部进攻成都西南的重镇江原县（今四川崇庆）。驻守江原的西川都巡检使张玘素以诸葛亮自诩，这回也索性大开城门玩起了“空城计”。没想到，王小波根本不吃这一套，他指挥的造反者就像潮水一样涌来涌去，城门大开就一拥而进。张玘的伏兵从城头乱箭齐射，王小波也被张玘射中头部伤重而亡。而李顺带着源源不断的造反者继续涌来，“诸葛亮”终于力不能支，战败身死。

王大哥一死，李二哥当然就成了带队人。更何况，这位李二哥还有一段离奇的身世，起义军相信自己已经成了为后蜀复仇的王师。一时间，攻克蜀州、邛州、永康军，造反大军发展到数十万众。

起义军杀掉大批贪官污吏和世族豪强，使他们在许多城市里的住宅与收藏财产的“地窖”悉数被荡平。“害物贼货辈，皆为白刃铄，瓦砾积台榭，荆棘迷城郭”，世族地主的残余势力受到了有力的打击与清除。

李顺较之王小波更有韬略和抱负，攻下双流、新津、温江、郫县等地后，他改变了流寇作战的模式，开始分兵驻守。起义军进攻成都失利后，转而攻占汉州、彭州。淳化五年（公元994年）正月，又杀了一个回马枪，数十万大军再度兵临成都城下。

新上任的成都知府望着城下密密麻麻的大军早已吓破了胆，好歹有心腹将校拼命杀开一条血路，掩护他弃城突围。

成都当然是四川最为富庶之地，也是富家大户集中之处。李顺进了成都后，如法炮制，招来城里的富室大族，叫他们各自申报财产。有几个不老实的被当场砍了脑袋，其余的富人只好乖乖地申报上缴。大批贫民蜂拥而至，等待在后蜀的王宫外，等着分配财物。起义军将车载斗量的财物悉数平分，更有百姓揭发财主家私匿财物的地窖，起义军按图索骥将隐藏的财物挖出来。那几天，成都的百姓仿佛在过狂欢节。

李顺在后蜀王宫正式宣称自己是孟昶的遗腹子，要来兴复祖宗基业，登基称大蜀王，建元应运，还发行了"应运元宝"铜钱和"应运通宝"铁钱。起义军在脸上刺字"应运雄军"，开府设衙，建立行政机构，俨然一个正规的朝廷。

民变闹到这个份上，宋太宗也寝食难安了。本来在他看来是癣疥之患，却打出了兴复后蜀的旗号，要是五代十国的后人都这么扯起大旗，岂不是要回到春秋战国了？太宗皇帝一向把结束五代十国的分裂局面作为自己的不世之功，岂容有人行复辟之事？

汴京皇宫内的御前朝会开得异常热烈。参知政事赵昌言是太平兴国三年（公元978年）的殿试进士第三名“探花”，风头正健，力主镇压。太宗一听，也颇想让“天子门生”立功，便任命赵昌言为“川峡五十二州招安行营马步车都部署”。

赵昌言兴致勃勃地赶去上任，没想到背后被人射了冷箭。有人对太宗说：“赵昌言鼻折山根，此反相也，不宜委以蜀事。”又有官员“奏言昌言素负重名，又无嗣息，今握兵入蜀，恐后难制”。

宋太宗的性格中有很大的多疑成分，这种多疑的性格后来也遗传给了他的儿子宋真宗和孙子宋仁宗。他一听此说，再想起赵昌言的相貌，似乎确实有点“魏延头上有反骨”的意味了，到时候让他去平定了李顺，他再拥兵割据，那就更加麻烦了。四川属于另类的新征服地，民心未附，不可不防。

但这个时候，赵昌言出发已经十多天了。

宋太宗越想越不放心，随即让人八百里加急驿传快递，“诏昌言行所至，即止”。一直到九月中旬，当赵昌言已经到达凤州（今陕西凤县东）时才被截住。皇帝命他即驻凤州，为“诸军声援”。赵昌言被搞得莫名其妙，不知道他一个人如何能“声援诸军”？但圣旨在上，他也不得不从。于是，他就在凤州喝着闷酒，为成都的战事写两首摇旗呐喊的诗，算是声援诸军了。

宋太宗连自己的“天子门生”都不好相信了，那还能相信谁呢？想来想去，只有一种人不可能在四川割据称王，那就是自己的内侍宦官。阉余之人，好意思称王吗？

于是，宋太宗随即任命亲信宦官王继恩为剑南两川招安使，率军征讨。还记得“烛影斧声”中擅自去晋王府将赵光义召进宫的那个内侍都知吗？就是他！太平兴国二年（公元977年），太宗将武德司改为皇城司，就让王继恩负责，主管侦察臣民动静，其职能与后世的东厂、西厂相仿。而且他还随曹彬征讨过南唐，也算有军旅经验了，宋太宗对他可以放心了。而太宗的这一番决策，也开了一个宦官典军的先例，后来宋徽宗也援引祖宗规制，让宦官童贯主持联金灭辽，终于把大宋朝也葬送掉了。

内侍们平时在皇帝身边谨小慎微，不敢多说一句话、多走一步路。一旦拔为钦差，外派出来，那可真是天高皇帝远了，王继恩此刻一定快活似神仙。

不过，快活归快活，他倒也知道兵贵神速的道理，指挥大军分水陆两路沿着王全斌攻灭后蜀的道路向四川扑来。

另一个快活似神仙的当然是大蜀王李顺了。终于住进了王宫，睡上了龙床，也得让自己放松放松了。

他这边还在放松，王继恩带兵进川的消息已经传来。李顺倒也不太在乎，蜀道之难胜过百万雄兵，只要扼守住剑门，进川的道路就便阻断。问题是剑门关还没到手，还在宋军手里！李顺这才想起四川的门户，连忙派手下大将杨广去夺剑门关。

可能也是承平日久，剑门关的守军居然只有区区几百人。面对蜂拥而至的农民军，这几百名将士心惊胆战可想而知，许多人就想弃关而逃。幸亏剑门关的守将上官正倒还很有职业精神，下令敢言弃关者一律斩首，总算稳定住军心。

剑门关毕竟是天下险关，再加上农民军不过是乌合之众，里面虽然有几个刀客，总比不上官军训练有素，所以闹哄哄地攻了好些时日，却久攻不下。说来也巧，一支从川中内地溃败的宋军部队也想通过剑门关回中原去，阴错阳差就绕到了农民军的后方。这么一来，就对农民军形成了前后夹击之势。农民军遭遇到了起事以来的第一次重大失败，死伤殆尽，杨广率残部人马朝着成都败退。而王继恩指挥的大军却通过剑门关源源不断地开进了四川。

李顺的另一路大军号称有21万，正在围攻梓州，也是久攻不下。这些非职业军人毕竟没有围点打援之类的意识，他们以为剑门早已落入自己人之手，所以丝毫不做剑门方向的防备，埋头只顾攻城。当王继恩率领的精锐禁军从剑门方向开来时，城中宋军也趁机发动反攻，农民军一时阵脚大乱，21万人迅速作鸟兽散，跑得慢的数万人只得放下武器投降了官军。

淳化五年（公元994年）四月，进川宋军又兵分两路，西路军由王继恩亲自指挥，从小剑门栈道进入研石寨（今四川剑阁北），攻占川北重镇剑州。五月，又连克绵州。东路军由曹习统领，自葭萌关攻入阆州，又连克巴州等地。两路大军形成对成都的钳制之势。

农民军将领杨广从剑门逃回成都，李顺把一系列连锁的兵败都算在了他的头上，将杨广及其残部尽数斩首。这么一来，再也没有溃败的农民军敢逃回成都协防，大多就地解散，重新回去做农民了。只是那些脸上刺了“应运雄军”字样的，没处可逃，被官军瓮中捉鳖，一个个当了俘虏。

成都，很快成了一座孤城。

4

成都城内还有十几万起义军。自从成都被围后，大蜀王李顺也不再住王宫了，搬到了军营与他的将士们一同守城，抵御官军的进攻。

王继恩的禁军远途而来，一路征战也师老疲惫，再加上成都城墙坚固，一时倒也陷入了僵持。官军大设机石、连弩、冲车、云梯，四面鼓噪，但也是雷声大雨点小；守城的农民军则准备了檑木、巨石乃至油锅，以逸待劳，终究也是困兽犹斗。每天都有火箭、流矢飞入城中，老百姓也都习以为常，甚至还有人折了箭杆去当柴火。

有一天，农民军突然在城内大搜僧侣，一开始以为是要抓细作，大家不免紧张了起来，后来听说是大蜀王要召僧人们念经祈福。于是，来自城内各个寺庙的数千僧侣聚集在城南的广福寺，农民军对这些和尚倒也客气，饭菜招待，然后就是钟磬齐鸣，木鱼喧天，数千人齐声诵经，法号远扬，声闻城外，连王继恩听了都暗自好笑。

这么闹腾了前半夜，广福寺里突然又被带进了数千名男童。农民军将领告诉和尚，根据大蜀王的旨意，将这批儿童献给佛门作弟子，要求立即将他们剃度出家。

这已经是后半夜了，僧人们念了大半天的经均已疲惫不堪，何况剃度僧人也都有程式规矩。但和尚们面对手持刀枪的农民军战士，哪里还敢多嘴，胡乱接过剃刀按住个小脑袋刮瓢似的落了发就算了。剃刀不够，匕首朴刀也将就着用了。阿弥陀佛，一时间，广福寺的殿堂内外满地尽是剃落的头发。

此时已是五更时分，天蒙蒙亮了。一夜未眠的和尚们终于得到一个好消息：说是大蜀王有好生之德，决定开东西两门，将他们放出城外，逃离战火之地。

当城门打开，一大帮光头的和尚连同刚刚剃度的小和尚们袈裟木鱼口诵佛号纷纷乱乱地一拥而出时，城外的官军倒也不为难他们。王继恩本人信佛，也不想跟佛门弟子作对，于是和尚们逃出生天，千恩万谢作鸟兽散。总算一夜的经没有白念。

内中一个身影回头望了成都城一眼，眼里含着些许的惆怅。

第二天，成都城破。

宋军涌潮一般涌入城内，逮捕了一位有美髯的壮士，相貌与海捕文书中的李顺画像颇为相似。军士们闹哄哄要抢功，最后只好一刀杀了干净。

守城的十余万起义军彻底瓦解，三万余人被斩首。官军向朝廷报告："斩获贼首李顺首级。"

还有一种说法是，城破之日，李顺及重要首领八人被俘，在解往开封的途中在陕西凤翔被杀。但既然被俘，为什么不献俘阙下验明正身而要中途杀害呢？当然，此时李顺余部还有二三万人仍在继续抵抗，为防中途被劫而提前动手，倒也说得过去。所以，宋太宗没有太过计较。但据王明清的《挥尘后录》记载，当时宋军中就有一个叫张舜卿的军官密奏道："臣闻李顺已逃走，诸将所俘获的不是李顺本人。"宋太宗当时以为是他妒忌别人立功，所以很讨厌，将他喝退："讨平乱贼才几天？你是怎么知道的？"最后，这名军官甚至被免了官职。

太宗一方面压制不同声音，另一方面也密令王继恩搞清真相。但王继恩此刻"握重兵，久留成都，专以宴饮为务"，哪还有心思去调查李顺的下落？他甚至"纵所部剽掠子女金帛，坐而玩寇，转饷稍不给，军士亦无斗志，余贼并伏山谷间，郡县有复陷者"。

对张舜卿的处理表明太宗皇帝已经对李顺之死定了基调，这当然是从稳定政局、稳定人心的角度出发，他实在不愿正视李顺可能逃逸的现实。但各种说法还是有，有人说李顺并没有被俘，而是在城破之日被乱兵杀害的。时任西川随军转运使的工部郎中刘锡后来写了一篇对太宗歌功颂德的文章《至道圣德颂》，在述及宋军攻克成都及李顺下落时就说："李顺力屈势穷，藏于群寇，乱兵所害，横尸莫知，既免载于槛车，亦幸逃于枭首。"——刘锡在前线参加了剿乱，并且也担任着军需保障的重要责任，深悉内幕，所以，他的说法应该是有根据的。但是说李顺在战乱中被乱兵所杀，既没有找到尸体，也没有找到首级，那么一切也都只是猜测而已。这桩悬案一直搞到宋真宗的时候，让宋真宗都为此捏了一把冷汗。（见《大宋宫词赵宋第一家族之宋真宗》）

据陆游的《老学庵笔记》卷五说："成都江渎庙北壁外，画美髯一丈夫，据银胡床坐，从者甚众。邦人云：蜀贼李顺也。"陆游在成都为官，离此次起义已隔一百八十多年，而这堵壁画还保留着，说明李顺在四川民间信仰中仍有相当的威望。

5

起义平定后，宋太宗倒也反思了治蜀的失误，他下了一道罪己诏，如此阐述："朕委任不当，烛理不明，致彼亲民之官，不以惠和为政，管榷之吏，唯用刻削为功，挠我蒸民，起为狂寇。"——他至少也承认了官逼民反的事实。

然后，他开始让吏部专门考核川陕州县官吏。宋朝的官员考核由吏部的考功郎中负责主持，考核订有"七事"作为标准：一、举官当否；二、劝课农桑，增垦田畴；三、户口增损；四、兴利除害；五、事实案察；六、较正刑狱；七、盗贼多寡。考核分为三等，七事中符合五项的为上等，具有二项的列为中等，不足两项为下等。在考核的基础上，吏部还设有审官院，以定叙迁，谓之"磨勘"。大凡文官五年、武官七年，如无赃私之罪，便得升迁。

但这一次考核下来，还是让宋太宗大吃一惊：不合格列为下等的不说，便是不法者多达百余人。太宗真的有些着急了，下令将分封在四川的益王（太宗之子赵元杰，任成都府尹、四川节度使诸职）迁徙到东南改封为吴王，废除四川榷茶专卖之政，将成都府降格为益州，派张咏出任益州知州，并赋予张咏便宜行事之权。

张咏也是太平兴国年间的进士，少年时任性使气，喜欢喝酒说大话，不拘小节。他好射箭击剑，颇有些文武双全的味道。他的性子很古怪，所以自号“乖崖”。“乖”是乖张怪僻，“崖”是崖岸自高的意思。但张咏出身贫寒，颇知民间疾苦，做湖北崇阳县令时，官府榷茶，鄂州其他各地茶园户或失业或贫困不堪，独崇阳县以缣纳税，免遭其害，生活安定富足。崇阳之民，对张咏殊为感激。太宗也正是看中他的这番履历，调他去安定蜀地民心。

据说张咏还是一介平民时，以善于相人著称的隐士陈抟一见他就感到他是个才能出众的人。张咏却对陈抟说：“希望分华山一半给我隐居，可以吗？”面对这样的狂生，陈抟笑道：“这不是你所能得到的。”但在临别时，陈抟还是向他赠送了纸笔等物品，张咏说：“这是将要拿尘世的俗务来牵累我啊！”这一次，他接到赴剑南任职的诏旨后，就将自己写的一首诗寄给陈抟，诗中说：“性愚不肯林泉住，强要清流拟致君。今日星驰剑南去，回头惭愧华山云。”

张咏终于没有做隐士，而奔赴四川去履行他的职责。

张咏来到成都时，李顺余部还没有平定，而王继恩和当初守剑门有功的上官正等将领却天天宴饮，不思进取。王继恩是朝廷钦差，张咏没法调动，但上官正是兵马钤辖，系地方武官，靖难一方是他的职责。张咏便找到上官正，取出自己的印符，故意对他说："盗乱尚未平复，诸公却只知日日宴饮，张某只好自己去讨贼报效君父，且请钤辖保管我的印符替我代掌州事，等我讨平了盗乱再交还给我。"

上官正被他这么一"将军"倒也脑子灵清了，连忙表白说："讨平盗乱正是属下的职分，岂劳知州大人，上官正理当效劳。"

张咏一听立马追问道："那你什么时候动身？"

上官正见他这么问了，也只好答道："即刻动身。"

张咏立即命人在西门城楼安排酒宴替上官正饯行，酒宴上当着成都众多官员的面，张咏申明：只许胜，不许败。如果败归，将斩上官正首级。

张咏是奉旨出京，有便宜处置权力的，再加上他是有名的行事乖张，上官正等一应官员都不敢儿戏。这一趟进剿，果然立竿见影，李顺余部基本被消灭。

王继恩怕被上官正抢了全部功劳，也派手下禁军四处剿匪。他们抓到一些农民军余部，有些原本就是被逼良为盗的农民，交给张咏，想看他如何处置。

张咏接手这些乱民后，大多直接放了，让他们归田务农，莫再生事。王继恩以为抓到了张咏的把柄，怒气冲冲来跟张咏理论。张咏笑着说："从前李顺化民为贼，今天张咏化贼为民，有什么不对吗？"

张咏实在是深知百姓受到压迫太甚便会铤而走险的道理。后来他做杭州知州，正逢饥荒，百姓有很多人去贩卖私盐度日。官兵捕拿了数百人，张咏随便教训了几句也都释放了。部属们说："私盐贩子不加重罚，恐怕难以禁止。"张咏却说："钱塘十万家，饥者十之八九。若不贩盐求生，一旦作乱为盗，就成大患了。待秋收之后，百姓有了粮食，再以旧法禁贩私盐。"《宋史》上记载了这一件事，赞美他的通情达理。

由于张咏的宽厚爱民，四川的百姓终于民心思附，天府之国渐渐恢复了元气。

而张咏本人倒是很能做出牺牲的。宋初制度，去四川为官是不允许携带家眷的，因为四川属于帝国的新附领地，怕官员们带了家眷后没有顾虑，化家为国，在蜀地割据一方。张咏督帅四川时也没有带家属前往，长夜孤寂寒衾难眠。有一次，在一场宴会上遇到一名官妓让他很动心，很想将她招来侍寝。以张咏的地方长官身份，只要开个口，下面的人自然会将那名官妓送到他床上来。但张咏就是开不了这个口，半夜里心动不已，辗转反侧睡不着觉，只得起床来绕着屋子走动，一边走还一边骂自己："张咏小人！张咏小人！"就这样硬生生地将自己的"人欲"给灭掉了。

张咏自己能够做到"克己复礼"，手下进川的官员也同样面临一样的问题，他还是想出了很人性化的办法。进川后不久，他率先买了一个婢女，说是照顾自己的饮食起居。看到长官买婢女了，"单身狗"的部下们也积极效仿，纷纷置起了婢女。在宋朝，婢女是可以被主人收用的，婢女收用后升一级也就成了妾。于是，进川官员皆大欢喜。

众官员对张咏感佩得五体投地。

由于张咏性格怪僻，行事乖张，有些官员难免与他性格不合。益州知州是一方最高长官，益州的所有官员包括从京师来成都差遣的官员都要向他庭参。偏偏有个官员认为每日庭参长官有辱斯文，不肯就范。张咏就半开玩笑地调侃他，你要想免了庭参，除非你致仕退休，不当这个官了。没想到，那名官员还真有个性，居然真的递了辞职报告。辞职报告中还附了两句诗："秋光却似宦情薄，山色不如归兴浓。"张咏读后以为有当年张翰秋风莼鲈之思的境界，当即对这名官员刮目相看，亲自登门去向他道歉，并将此人奉为上宾。时人听说此事，都认为张咏有名臣风范。

在成都的雨夜，张咏研墨蘸笔，挥毫写下一首诗：

帘幕萧萧竹院深，客怀孤寂伴灯吟。

无端一夜空阶雨，滴破思乡万里心。

听听那冷雨……

后来，张咏从成都载誉而归，在东京城里夹道欢迎的人群中，他仿佛看到了陈抟的一双眼睛：世人大抵重官荣，见我东归夹道迎。应被华山高士笑，天真丧尽得虚名。

第八章
传位难题，皇帝也有难念的经

1

在夺取江山之前，赵家是一个和睦亲善的大家族。跟许多小说里的大家族一样，德高望重的老妇人统领着这一家子。即使在儿子当了皇帝之后，赵氏家族的亲情生活仍然是以杜太后为核心，直到建隆二年（公元961年）六月二日杜太后驾崩、开宝九年（公元976年）十月二十日宋太祖驾崩，这个家族一下子经历了太多的变故。

我们来看一下公元976年这个家族主要成员的情况：

赵光义，继位的皇帝，当年37岁。

赵廷美，赵家的老三，当年29岁。

赵德昭，太祖长子，当年25岁。

赵德芳，太祖次子，当年17岁。

赵德崇（元佐），太宗长子，当年11岁。

赵德明（元祐、元僖），太宗次子，当年10岁。

赵德昌（元休、元侃），太宗三子，当年8岁。

从中我们可以看出，赵家的男丁年龄相差不大，他们应该有过一段共同生活、亲密友爱的美好时光。也正因为曾经有过亲情与感情，后来的变故更让人难以接受。

宋太宗赵光义在登基前有过两任妻子，第一个妻子尹氏是滁州刺史尹廷勋的女儿，很早就过世了，后来追封为淑德皇后；第二任妻子符氏是宋初开国大将符彦卿的第六个女儿。符氏的大姐是后周世宗柴荣的皇后，所以赵光义跟周世宗还是连襟。

因为赵光义娶了符彦卿的女儿，赵普当年对符彦卿就格外注意。当太祖赵匡胤要让铁哥们儿符彦卿掌管禁军时，赵普就坚决反对。赵匡胤开始还没当回事，说："我这么厚待符彦卿，他怎么会辜负我呢？"赵普立马反驳说："那你怎么就辜负周世宗了呢？"——赵普当然是出于对赵匡胤的忠心，但他还有一句重要的潜台词没有说出来：符彦卿是晋王赵光义的岳父！

不过，符氏没能像她的大姐那样母仪天下当上皇后，赵光义登基的前一年，她就病逝了，"懿德皇后"是追封的。

太宗即位后曾经议立皇后，因为尹夫人、符夫人在太宗登基之前都已去世，当时中宫虚位，有立后资格的只有乾州防御史李英的女儿李贤妃。李贤妃给赵光义生了两个儿子：长子德崇和三子德昌。太宗准备将她册立为皇后，偏偏这个时候，李贤妃却染上疾病，于太平兴国二年（公元977年）撒手人寰，年仅34岁。太宗十分悲痛，没有心思再议立皇后，接着又亲征太原、北伐辽国，皇后之位也就一直空着。

直到雍熙元年（公元984年），一切相对安定下来，他才将开国元勋李处耘的女儿李德妃立为皇后。李皇后直到真宗景德年间才以太后的身份去世，谥为明德皇后。

宋太宗有五个儿子，分别叫德崇、德明、德昌、德严、德和。跟太祖的两个儿子德昭、德芳一样，都是“德”字辈的。

太平兴国七年（公元982年）七月，太宗封长子德崇为卫王，次子德明为广平郡王，兄弟两人同平章事，轮番在中书视事，让他们逐渐历练，增长从政的能力。

两位皇子来中书省上班，中书省的最高长官、宰相赵普就知道自己该靠边站了。因为刚刚发生了赵廷美、卢多逊案，朝野都认为是赵普在背后做了手脚，皇长子德崇和叔叔廷美的感情很好，便对赵普横眉冷对，倒是皇次子德明礼貌得多。但这么热一天冷一天地过日子，毕竟不是一回事，赵普只好再度辞去相位。

太平兴国八年（公元983年）冬十月，在德昭、德芳早已归西，廷美也被贬谪房州后，太宗皇帝突然宣布给五个儿子分别改名为元佐、元祐、元休、元俊、元杰。这样，他的儿子就从老赵家的“德”字辈系列里脱颖而出，另立山门了。

改名字自然是一桩小事，但皇帝给自己的儿子改名就不同寻常。“元”在汉字中有“一元伊始”的意味，是第一、居首位的意思。所以，宋太宗虽然没有立太子，但却是明确地向世人传递一个信号：他的接班人将在他自己的亲生儿子中产生！

赵元佐和元侃都是太宗的李贤妃所生，李贤妃母以子贵，后来被追赠为“元德皇后”；赵元祐的母亲不详，在宋代的正史或野史中都不可查考，直到今天都是一个谜；此后又出生的第八子，也就是后来被称为“八大王”的赵元俨则是王德妃所生。

李皇后曾经也生过一位皇子，但却夭折不育了。于是，她把太宗的长子赵元佐当作自己的儿子一般，特别钟爱。

元佐也确实表现过人。他在少年时代就禀性聪明机警，相貌长得也很像太宗皇帝，所以宋太宗、李皇后夫妇都很钟爱他。十三岁时，跟从宋太宗在近郊打猎。有只兔子在太宗车马前奔跑，太宗让赵元佐射杀。赵元佐跃马上前，一箭而中，众皆欢呼，连辽国的使者在旁边也为这位少年皇子深感惊异。后来，又跟从宋太宗征战太原、幽蓟，他畅晓武艺，军中以骑射见长。太宗虽然没有正式立他为皇太子，但已经让他迁居东宫，并且加任检校太尉，晋封为楚王。

匪夷所思的是，就是这么一位最有希望成为帝国继承人的皇子居然发了疯！

事情的起源还是要追溯到“烛影斧声”后的政局变动。

宋太宗赵光义“非正常”地继承了太祖皇帝的江山，并且抛出了“金匮之盟”兄终弟及这样的说法。但遗留的问题还在：按照这样的继承顺序，那么赵光义之后皇位要传给他们的小弟弟赵廷美，而廷美之后则再传给赵匡胤的儿子德昭。这样，也就轮不到赵光义把皇位传给自己的儿子了。

于是，弟弟赵廷美和太祖的两个儿子赵德昭、赵德芳就成了赵光义“家天下”的最大障碍。但以宋太宗的“雄才大略”，再加上一朝权在手，这道难题他很快便解决了：赵廷美后来被指控图谋不轨，流放出去，终于忧恐交加，早早地死了；赵匡胤留下的一对儿子，在他死后仅仅四五年内，也都跟着去见老父亲了：赵德昭是用剑自杀的，赵德芳据说是病死的，但死因不明不白。这样，也就不用担心宋朝的宫廷里上演“王子复仇记”了。

但让赵光义没想到的是，“王子复仇记”还是上演了，而且那个饰演“哈姆雷特”角色的居然是整个事件的最大受益人——他的长子赵元佐！

我们有理由相信，在成为帝王家之前，赵家人曾经和睦友爱地生活在一个大家庭里，赵元佐和叔叔廷美、堂兄弟德昭、德芳的感情也很深。所以，对父皇这样处心积虑的做法，连赵元佐都看不过去了！他开始像丹麦王子那样说一些疯疯癫癫的话，讽刺挖苦父皇以示不满。这种佯狂的举动当然也让赵光义很不高兴，父子之间的关系骤然变得紧张起来。

与此同时，赵元佐的性格也突然变得十分乖张。他手下的人稍有犯错，就会被他责打，甚至刀枪相向，直接将人打死。他还像春秋时候著名的昏君晋灵公一样，拿着弓箭把经过的人当作移动靶子，以射人为乐。东宫内每天鸡飞狗跳，宫里的人都提心吊胆，朝不保夕。

因为东宫就在皇宫大内，赵光义当然也知道儿子的所作所为。他多次苦口婆心地劝说，辞色严厉地训斥，但终归是收效甚微。

为了给这个不听话的儿子略示惩戒，在一次重阳节的宫廷内宴上，赵光义遍邀宗室诸王赴宴，皇子们都有份参加，却特意地唯独漏掉了他的长子楚王赵元佐。

如果赵元佐不知道有这么一次内廷宴会，那么他也不会受到刺激。偏偏赵元祐参加完宴会就跑去看望哥哥。这实在是一个非常微妙的举动，你可以说是元祐关心兄长，也可以说他是唯恐兄长不受刺激、唯恐天下不乱——毕竟，元佐如果失去了继承人的资格，元祐将是最大的受益者。从来的宫廷斗争都是隐藏在温情脉脉背后的。

赵元佐果然对此很受刺激，说道："兄弟们都去赴宴了，为什么我没得参加？这是要抛弃我吗？"他在自己的东宫内喝得酩酊大醉，竟然纵火焚烧起宫殿来。

楚王发疯了！楚王发疯了！

——这里要说一个秘密。这个秘密要换在一千年前的宋朝是绝对不敢说的，因为是牵涉到皇家的秘密。而这个秘密就是：赵宋皇帝是有家族遗传精神病史的。

赵宋皇族先天患有精神疾病的人为数不少，太祖的长子赵德昭、太宗的长子赵元佐和第六个儿子赵元渥都有不同程度的精神病。两宋18位皇帝中有精神疾病的占到7位：真宗、英宗、哲宗都患有精神分裂症：孝宗有严重的抑郁症；度宗则是精神发育迟缓，也就是民间俗称的“弱智”。宋仁宗也曾经有过严重的癫痫发作，《续资治通鉴长编》上记载，他发病的时候在皇宫里满院子大跑大叫，说皇后和一个叫张茂则的太监谋反，弄得皇后痛哭失声，而那个太监无奈之下只好选择自杀，幸亏被宰相文彦博劝阻，才救下一条命。而南宋的光宗则是最严重的一个，甚至被宫人称为“疯皇”，后来也因此被迫退位。关于这个家族的遗传精神病史，我们在下一本《宋仁宗》书中将更加详尽地探讨，这里还是回来说元佐。

当然了，赵元佐的家族遗传精神病并没有严重到妨碍心智的程度。按今天的评价来看，赵元佐其实是个正直的青年，他并没有让权力泯灭自己的天良，他同情被父皇迫害致死的叔叔和两个堂兄弟，并且勇敢地采取了反抗的行动，借发狂来发泄对父皇的不满，尽管他可能是这起事件中的最大受益者。而他也以自己的行动，印证了孔夫子所谓的“不义而富且贵，于我如浮云”这句话。

对于这个不跟自己站在同一立场、不跟自己一条心的长子，太宗非常失望：“汝为亲王，富贵极矣，何凶悖如是?

国家典宪，我不敢私，父子之情，于此绝矣！”

他在说这番话的时候，一定想起了唐太宗废太子李承乾的故事：李承乾是唐太宗的嫡长子，他的名字就含有承继乾坤的隐意，可以说唐太宗对他寄予很大的希望。但这位太子不思忠贤，还善于伪装，人前表现得十分沉稳，背地里却沉迷于声色，甚至穿起突厥人的服饰，在宫里系幡旗设穹庐，在里面荒淫无度。唐太宗对他日渐疏远，李承乾居然勾结大将侯君集等人密谋造反，武力夺取政权。唐太宗痛心疾首，只好废除太子李承乾。

宋太宗处处以唐太宗为榜样，没想到冥冥中自有安排，连这种父子反目成仇的遭遇都相似了。据说，他流着泪对宰辅大臣说：“朕每读书，见前代帝王子孙不率教者，未尝不扼腕愤恨，岂知我家亦有此事！”

他断然下令派御史捉拿赵元佐，送到中书省审问，废为平民，并且逐出京城安置在均州（今湖北丹江口）。

宰相宋琪率领百官三次上表，请求留赵元佐在京师。这个宋琪就是当年赵光义任开封府尹时的老部下，曾经因为跟赵普走得太近而被赵光义疏远、贬谪。等赵光义当了皇帝后，宋琪通过一番痛哭流涕的悔罪，重新取得太宗的信任，并且逐步爬到宰相的高位。可见这个宋琪是有过人之处的。以他对赵光义的了解，知道太宗其实对赵元佐还未能忘情，所以才会三次上奏替赵元佐求情。

三次上奏终于起作用了。赵元佐走到黄山，宋太宗召他回来，废居南宫，并且派使者守护，等于是软禁了起来。那些被指定为赵元佐老师的大臣们纷纷叩头请罪，宋太宗赦免了他们，说：“这个儿子，我自己教他还不改，你们又怎么能辅导呢?”

在深宫里，为赵元佐落泪的，只有将他视同己出的母亲李皇后。

2

现在，按照长幼次序，应该轮到皇二子赵元祐了。

雍熙三年（公元986年），恐怕也是为了摆脱此前的阴影，赵光义再次给儿子们更名：赵元祐改名叫赵元僖，赵元休改名叫赵元侃。唯独赵元佐没有新的赐名，皇帝显然已经对他彻底失望了。

赵元僖此时已经被封为陈王，这位青年长得姿貌雄毅，却沉默寡言。太宗任命他为开封府尹，进封许王，加中书令。这样的设计，完全是作为储君人选的安排。

雍熙北伐失败后，李昉、宋琪作为替罪羊被免去宰相职位。雍熙四年（公元987年）十二月，66岁的赵普入京朝见，赵元僖亲自上疏向父亲力荐赵普出任宰相。而宋太宗也正准备更新政治，启用吕蒙正、张齐贤等新人，于是赵普三度拜相。

赵普东山再起，当然感念赵元僖，而赵元僖也趁机巩固自己的储君地位。只可惜，赵普毕竟已经老了，第二年七月就以身体不适等原因逐渐淡出政治中心。于是，赵元僖又开始笼络另一位宰辅吕蒙正。

问题是太宗皇帝也是一个权力欲极强的人，他还没有考虑要交权，所以也没有想正式确立继承人。对于一些朝臣屡次上书要求立储，赵光义内心产生了严重的不安。偏偏这个时候，就有不识时务的人！宋沆、冯拯等五名谏官伏阙上书，请太宗立许王赵元僖为皇太子。太宗当即大怒，将宋沆、冯拯五人悉数贬谪岭南。而宋沆又是当朝宰相吕蒙正的姻亲，太宗十分怀疑宋沆他们上书是出于吕蒙正的指使。

赵元僖与吕蒙正来往密切，这一切逃不过皇城司的眼皮。皇城司是一个类似于明朝东厂、西厂那样的特务机构，首长正是宋太宗亲信的内侍都知、昭宣使王继恩。在太平兴国六年（公元981年）十一月，宋太宗改武德司为皇城司，曾经派遣这些皇城司的士兵到处微服私访，其中有一个密探居然跑到了数千里外的汀州（福建长汀）。知州王嗣宗抓住这个密探，狠狠打了一顿，并把他捆绑着送到京城请太宗发落。宋太宗一开始很恼火，想逮捕王嗣宗，但转眼一想，特务政治毕竟见不得人，于是不得不做出嘉奖王嗣宗的姿态。正因为这样，皇城司才没有像后世的东厂、西厂那样气焰嚣张、不可一世。但皇城司的长官王继恩似乎更倾向于被废的皇长子赵元佐，后来他甚至还为赵元佐不惜发动宫廷政变。所以，他掌握的赵元僖与吕蒙正交往的情况，一定会在这个时候添油加醋地送到赵光义的御案前。宋太宗果然以援引亲昵、窃禄偷安的罪名，罢免了吕蒙正的相位。

至于赵元僖，毕竟是自己的儿子，而且赵元僖性格沉稳，管理京师五年，政事上没有出过一丝差池，太宗对他倒也喜欢，所以皇帝对他没有任何指责。

但是，淳化三年（992年）十一月己亥日，赵元僖上早朝的时候坐在大殿中，忽然觉得身体不适，于是立即请假回府。宋太宗亲自前往探视，而赵元僖的病情却突然加重。起初太宗喊他的名字，还能勉强回话，不久就不省人事，乃至撒手人寰，时年二十七岁。

宋太宗痛悼不已，有时候甚至悲伤哭泣到天亮，还写下《思亡子诗》给近臣观看。

赵元僖的死因终是一个谜案，以当时的科技无法得出科学的尸检报告，他的一个小妾成了这一事件的替罪羊。

有人报告宋太宗说赵元僖曾被爱妾张氏迷惑，而这位张氏又很专横放肆，捶打奴婢、仆人，甚至将人打死。张氏又在汴京西佛寺招魂埋葬她的父母，僭越礼制。宋太宗当即大怒，派昭宣使王继恩验问。这一问，又问出其他问题来：原来，赵元僖不喜欢太宗亲自给他明媒正娶来的妻子李氏，却宠爱小妾张氏。李氏看不惯张氏的做派，常以正妻的身份严加呵斥，张氏由此怀恨在心。有人告发她有毒杀李氏之心。那么，是不是误打误撞地毒死了赵元僖呢？张氏当然死也不肯承认，但太宗皇帝却已经怒不可遏，当即下令绞死张氏，还毁掉了张氏替父母所筑的坟墓，将其亲属全部流放。

皇帝以这样雷霆万钧的严厉手段迁怒于一个小女子，但却不能挽回儿子的性命，只不过替黄泉之下的儿子送去一个殉葬的女人而已。

3

赵元僖莫名其妙地死去，使得皇储的位置再一次空缺。这对于废居南宫的赵元佐来说，也是一次东山再起的机会。李皇后多次在夫君面前替他们的长子求情说好话，而朝廷大臣中拥护赵元佐的也不在少数，毕竟嫡长子继承是最合乎礼制的道统。

然而，太宗皇帝却有他自己的深层顾虑：他并不是不爱自己的长子，但这位自己曾寄予厚望的嫡长子却是自己政治上的反对派，是一个政治上不可靠的人。如果将皇位传给他，谁知道在自己百年之后他会做出什么疯狂的举动来。调查“烛影斧声”的真相？替廷美、德昭他们平反？或者干脆将皇位拱手还给太祖一系的宗室？万一出现这样的任何一种情况，那么自己一生的努力就将付诸东流，而且自己的历史形象也将一落千丈。对于一心要把自己塑造成唐太宗之后的又一位圣明太宗的赵光义绝对不会允许出现这样的情况！

于是，机会垂青了原本没有希望的皇三子赵元侃。

据说，当年陈抟进京朝觐时，赵光义知道他善于相人，便让他暗中相看自己的几个儿子和一些大臣。陈抟到了襄王赵元侃的府第门前，没有进去见赵元侃就回来了。有人问其故，陈抟说："王门厮役皆将相也，何必见王?"——襄王府里的下人都有将相之相，襄王又是何等之人呢?

淳化五年（公元994年）九月，宋太宗终于打定主意，任命26岁的襄王赵元侃为开封府尹，进封寿王，加检校太傅。

赵元侃当上开封府尹之前，赵光义曾经跟他亲信的大臣寇准有过一次微妙的谈话。史书上说，那段时间，太宗皇帝正患"足疾"。说是足疾，其实是二次北伐跟辽国交战时中的箭伤，大腿和脚上都肿痛得厉害。《宋史·寇准传》上说："帝足创甚，自褰衣以示准。""褰衣"的本义是下裳，也就是古人穿在里面的裤子。皇帝撩起里面的裤子给寇准看自己的伤口，这自然是很亲昵的举动，而这个出示褰衣的动作其实还有一层象征意义：中国最早的古籍《竹书纪年》上记载:"十四年卿云见，命禹代虞事。帝乃再歌曰:'日月有常，星辰有行……精华已竭，褰裳去之。'"传说，虞舜禅位给夏禹的时候，就唱了这么一首歌，意思是我已经为国家贡献了全部的精力，现在可以退休了，终于不必峨冠博带地正襟危坐，可以穿着休闲的褰裳出去了。所以，出示褰衣可以引申出帝王让位的意思。太宗的举动除了表示对寇准的亲昵，是不是还含着一种微妙的暗示呢？

果然，皇帝向他的大臣发问了：“朕诸子孰可以付神器者？”我的那么多儿子中哪一个可以做我的继承人啊？

这样的提问很出乎寇准的意料，因为在此之前，凡是向宋太宗建议立皇太子的人，都被他盛怒相拒。老子皇帝还没做够，你们怎么就惦记着下一任了呢？就在前不久，大臣宋沆、冯拯上书请立皇储，惹怒了皇帝，被贬到瘴疫横行的岭南地区，从此再也没有人敢谈论这个话题。而现在，皇帝主动问起了这个问题。寇准虽然以敢谏博得太宗的喜爱，被宋太宗视为自己的“魏征”，但寇准对这个问题还是不敢掉以轻心。他一开始的回答用的是官场中明哲保身的套路：“陛下为天下择君，谋及妇人、中官，不可也；谋及近臣，不可也；唯陛下择所以副天下望者。”您这是为天下人选择一位君主，这样的大事跟后宫的妇人、宦官商量，显然不行；跟亲近的大臣商量也不行，还是得您自己选择一个能够不负众望的人才行。

这样的回答是把问题又抛了回来，等于没说。聪明的寇准其实也在内心揣摩，这是不是皇帝对自己的试探，一朝不慎会不会也落得个宋沆、冯拯一样的下场，所以他未敢造次回答。

然而，这一回太宗皇帝似乎是铁定要一个答案了，给你选择题你不做，那就给你是非题做！皇帝屏退左右，低着头良久后，直截了当地问道："襄王可乎？"

襄王就是皇三子赵元侃了。

这一次的回答寇准必须表明态度了。他的态度是支持的，而他的回答也是巧妙的："知子莫如父！陛下既然认为可以，就请立即决定！"

于是，才有了太宗以襄王赵元侃为开封府尹，改封寿王的决定。

上述故事出自《宋史》，其情节委婉曲折。而《五朝名臣言行录》则记载说，宋真宗被立为皇太子是由寇准直接提名的。不管怎么说，总之，寇准在这件事上起到了关键的作用。这些都是赵元侃也就是后来的宋真宗赵恒被立为皇太子的幕后操作。

赵元侃是太宗赵光义的第三个儿子，跟皇长子元佐是同胞兄弟，生母都是元德皇后李氏。李氏在太宗的时候其实只是一个妃子，并且在太宗太平兴国二年（公元977年）年仅三十四岁的时候就死了，"元德皇后"是真宗当了皇帝后对她的追赠谥号。

赵元侃是公元968年的腊月初二生于开封府的，据说他生的时候左足的指纹上就有一个依稀可辨的“天”字。不过，那个时候还是宋太祖赵匡胤当朝，连他的老子赵光义也还没有践登大宝，所以这个“天”字的记载估计也是后人的附会了。据说小王子幼年时最喜欢玩排兵布阵的游戏，并且常常自称“元帅”。太祖皇帝很喜欢这个侄子，将他养育在自己宫中。小王子还不懂宫中规矩，百无禁忌，有一次居然爬到了万岁殿的龙椅上去坐。太祖皇帝大为惊奇，也看他好玩，抚其背问他：“天子好当吗？”小王子眨巴着眼睛，居然回答说：“作天子全由天命。”

后来，他开始读书识字，就学受经，往往一览成诵，过目不忘，显示出他聪慧早熟的性格。

前面说过，他最初的名字叫赵德昌，后来改名赵元休，再后来又改名赵元侃、赵恒，他的王爵也被改封过三次，依次为韩王、襄王和寿王。

4

赵元侃是在出任开封府尹的第二年，也就是宋太宗至道元年（公元995年）八月，被正式立为皇太子，并且改名为赵恒。

至道元年（公元 995 年）九月，太宗亲临朝元殿，举行了盛大的册立皇太子的大典。自晚唐以来，乱世纷纭，五代十国的政权都顾不及立皇储的仪式，册立皇太子的礼仪废弃了将近百年，到宋太宗才终于恢复。据说，册立大典那天，京城百姓额手称庆，为终于到来的太平盛世而欢呼雀跃。

这么多年过去了，宋太宗迟迟不肯立皇太子，除了自己恋栈之外，事实上还有一个潜意识里让他不安的原因，那就是宋太祖赵匡胤的皇后宋氏还健在。“金匮之盟”炮制出来后，宋太后一直冷眼看着朝堂上的变局。至道元年（公元 995 年）四月，这位前朝皇后终于寿终正寝，标志着赵匡胤时代的彻底终结。于是，赵光义才没有了最后的顾忌。

但是说实话，赵恒的皇太子当得并不轻松：给一个精力过人并且自视很高的皇帝当太子不是一件容易的事。当了太子也并不一定能顺利地继承皇位，中国历史上有太多废太子的故事。从汉武帝到唐太宗，越是雄才大略的皇帝，可能越是看不惯自己的继承人。

当了皇太子后的赵恒也是如履薄冰。刚刚搬进东宫后一个多月，他就主动向父皇提出不要让大臣们对他自称臣下。这样的做法当然是韬晦的，一则减少了父皇潜意识里对于一国二主的不快，二则以谦逊示人也可以笼络人心博得大臣们的好感。对于一些朝廷重臣或者是年纪比较大的耆宿元勋，赵恒都是迎来送往执礼甚恭，扶着人家上下台阶。

饶是这样，还是引来了父皇的不满：那一年，河南大旱，京师开封也是枯地千里。太子赵恒以开封府尹的身份下令免除十七个县的田租税赋，以缓解民力。这本是地方长官的职责分内的事，但一些不怀好意的台谏官员——大宋朝野习惯把他们称为“乌鸦”——却上奏章弹劾，攻击他收买人心。太宗皇帝看了奏章，也感到不悦。

当小内侍们将父皇不悦的神情绘声绘色地传达出来时，太子赵恒心头的沉重可想而知。

还有一次，他受父皇的委托去太庙祭祀。因为是国家庆典，仪式很隆重，围观的百姓也很多。回来的时候，当赵恒骑马从天街上经过时，京师的百姓出于对皇家的爱戴，纷纷拥道喜跃，欢呼：“少年天子也！”——就是这么正常不过的民间情绪的表露，却惹得太宗皇帝很不高兴。他对身旁的近侍说：“人心这么快就归属太子了，那么要置我于何地呢？”

他居然嫉妒起了自己的儿子！

太宗一生对权力孜孜以求。所以，他对权力也就十分敏感，恋栈的心理也就表现得特别突出。他对政局又做了一次重大调整：吕蒙正罢相后，他援引当年以赵普带吕蒙正的做法，将李昉重新任命为宰相，而以张齐贤为次相。于是，张齐贤就成了吕蒙正之后第二个出任宰相的天子门生。

但用了一段时间后，太宗却觉得李、张组合不行，于是，又召回吕蒙正重新拜相。但吕蒙正性格耿介，也让太宗颇有些下不了台。有一次，太宗举办宴会，酒过三巡后，对自己的文治武功颇有些沾沾自喜，一帮大臣也都纷纷称颂。气氛正在欢快之时，吕蒙正却发出不和谐的声音，说是我们在这里称颂太平，但我却见到京城外不数里，就有饥寒而死者甚众。——这么大煞风景，也亏得宋太宗能够容忍，但不久还是将吕蒙正罢了相。

倒是张齐贤的一进一出留下两则故事。

当初，张齐贤还在地方工作时，某日举行家宴，有一家奴偷了一件银器藏在怀里，恰好被他看见了。张齐贤默不作声，一直没有说。等到他应召进京拜相时，家里的奴仆也都兴高采烈，以为宰相门童七品官，大家都可以鸡犬升天了。张齐贤到任后也确实提拔了不少自己的人，只是那个偷东西的奴仆却没有升迁。这个奴仆不服气地询问张齐贤："我侍奉相公时间最长，凭什么他们都得了荫荫、当了官，偏偏把我漏下了？"张齐贤说："我要不说你会怨我，但你当年偷银器的事被我看在眼里藏在心里许多年了。我现在当宰相，要为国家选拔人才，安敢用盗贼呢？”这一说破，也就没有再留人的必要了。张齐贤念在他服侍时间最长的份上，给了那奴仆一笔钱，打发他走了。

这是张齐贤进京时的传说。而他离京之后，又有故事。

罢相后，他以吏部尚书的身份出任青州知州六年，治理地方本是他的强项，依然是无为而治，不惊扰百姓而已。但有些喜欢找麻烦的人却诽谤他为官慵懒不作为，朝廷听说后便召张齐贤回京质询。张齐贤抱怨道：“以前当宰相，总算万幸没什么大差错；现在主管一个小小的州郡，竟招人非议，正好像管御厨三十年，到年老时反而煮不成一锅粥了。”

宋太宗听到张齐贤的抱怨，倒也乐了，后来又将他召回京来让他与吕端、寇准等人搭档。这是为真宗继位在做权力安排了。

太宗性格多疑，一方面设置多人分相权，以削弱相权与皇权的对抗；另一方面，任用宰相也往往时间不长，经常轮番调换，不让宰相的位置屁股坐热，以免宰相势大专权。张齐贤从太宗朝到真宗朝前前后后做了21年的执政，算是时间长的。其他如吕端6年、宋琪2年、沈义伦4年、卢多逊7年、薛居正18年。赵普与吕蒙正都是三起三落，时间也较长，而李昉虽说两度拜相，断断续续有13年，但他的主要工作却是在编撰国史方面。

据说，有一年春节太宗在干元门楼观灯，突然想起了退休在家的李昉，派内侍急急宣召李昉来一同赏灯，并关切地问李昉退休在家干什么。李昉一口气背了太宗的七十余首诗，一字不差，他说他在家里整天就背诵皇帝的御制诗。太宗听了也很感动，君臣两个其实都老了。

对于后事的安排，当然不能靠只会背御制诗的李昉了。宋太宗原本对第三位入相的天子门生、太平兴国五年（公元980年）的状元苏易简寄予厚望，但没想到这位参知政事苏状元却嗜酒如命，损害了身体，拜相不到一年就跟老一辈的李昉同年去世了，年仅39岁。太宗叹息说："易简竟以酒败，深可惜也。"现在，他只能把希望寄托在吕端身上了。太宗评价他的新任宰相："吕端小事糊涂，大事不糊涂。"看来，他对大事的寄托都在这位新任的宰相身上。

赵恒能不能顺利继位？吕端是不是真的大事不糊涂？李皇后和王继恩他们又会有什么动作？宋太宗这本难念的经最后将由谁来念完？这些都将在下一本书《宋真宗》里讲述了。

至道三年（公元997年）三月，宋太宗赵炅（赵光义）崩于万岁殿，终年58岁，在位21年。

第九章
功过是非，宋太宗是第二个唐太宗吗？

1

中国历史上有两位著名的太宗皇帝，一位是唐太宗，一位是宋太宗。宋太宗最崇拜的皇帝就是唐太宗，他将唐太宗作为学习的榜样，努力做出唐太宗的样子来。这两位太宗皇帝也都有不少的政绩，为后人所称道，普遍认为他们都是好皇帝。当然了，他们还真的有许多相似之处。

宋太宗跟唐太宗一样爱好文学和书法。

贞观初年，唐太宗李世民诏令在全国范围内收集图籍，在弘文殿聚四部群书二十余万卷，并在弘文殿旁建“弘文馆”以储图籍。任命虞世南、欧阳询等充任学士，以魏征、虞世南、颜师古等著名学者、硕学之士为秘书监，主管国家的图书馆和藏书事业。还挑选五品以上工书者为书手，缮写、整理、校勘图书，藏于内库，其藏书质量和数量远远超过前代，史称“群书大备”。

宋朝的开国皇帝赵匡胤是武将出身，年轻时忙着打天下，到了年长才知道读书的重要性，而太宗赵光义则更有文人气质，也更加尊重知识、尊重文化。他当皇帝后，曾经亲自书写了“玉堂之署”四个大字，挂在翰林院，出入翰林的读书人都以此为荣。太宗本人年轻时就喜欢读书，父兄知道他的这一爱好，也在军旅之余千方百计地替他搜求书籍。宋承唐制，设立昭文馆、集贤院和史馆，称为“三馆”。太祖建隆初年，三馆的藏书只有可怜的一千三百多卷。太宗即位后，亲自设计规划图纸，建成崇文院，把原来三馆的书都搬到那儿，还将南汉、后蜀、南唐等国的图书也汇聚起来。他还派内侍专门去江南诸州购募图籍，百姓愿意将藏书捐赠给政府的，政府以高价收买；不愿出卖的，政府借来抄写下来，再把原本还给书籍的主人。通过这个方式，朝廷又搜集了不少民间藏书。后来，崇文院的藏书达到八万卷之多。太宗亲自到新落成的崇文院观书，并且把刘鋹、李煜等降王也都招来。太宗对李煜说：“听说你在江南的时候很喜欢读书，这里面的不少书都是你的，你近来还在读书吗？”搞得李煜羞愧难当，只好顿首称谢。

太宗自己也读书好学，他曾让史馆每天送上三卷《太平总类》给自己读，不管当天多忙，总是坚持读完三卷书。我们现在经常在引用的“开卷有益”这句话就出自太宗之口。他说：“我平生喜欢读书，开卷有益，乐在其中，而不把读书当作劳苦的事情。这套书共有一千卷，我打算一年内读完。这样看来，读书人读万卷书也不算太辛苦。”后来，他把这套书编定为《太平御览》。此后，宋太宗继续进行大规模的图书编纂工作，又编定了《太平广记》五百卷、《文苑英华》一千卷。这三部大书与后来真宗朝编定的《册府元龟》一书，并称为“宋四大部书”。在宋太宗的推动下，文学、史学和儒学都空前繁荣，形成了后世称为“宋学”的学术体系。

唐太宗李世民雅好书法，是王羲之的狂热崇拜者。据说，王羲之的《兰亭集序》真迹就被他带入了昭陵的坟墓中。而赵光义不仅爱好书法，且自身的书法造诣也十分高超，他的书法老师是后蜀的著名书法家王著。

王著在后蜀只是一个小小的主簿，入宋后也还是一个小小的主簿，他就在这个小秘书的职位上一干干了十多年，直到宋太宗发现了他。太宗将他调入宫内当待诏，并向他学习书法。王著深得王羲之书法精髓，宋太宗每每将自己的书法习作拿给王著看，王著都摇头称尚未写好。内侍们有些急了，跟王著说："官家这么苦练书法，你也给鼓励一下啰！"王著却说："帝王习书，如果一开始就表扬他，那么恐怕官家就不肯再用心了。"直到有一天，太宗的书法已经练得出神入化，王著看后说："可以了，官家的书法已经大成，臣不及了。"在历代帝王中，宋太宗的书法堪称一流，擅长草、隶、行、篆、八分、飞白六种字体，尤其善书飞白体，宋朝的货币淳化元宝就是赵光义亲自题写的。他还将自己写的"飞白体"书赐给宰相李昉，并说："朕退朝未尝虚度光阴，读书外尝留意于真草，近又学飞白，此虽非帝王事业，然不犹愈于畋游声色乎！"受他的影响，宋朝后世的皇帝也都善书法，宋真宗、宋仁宗、宋徽宗、宋高宗都以书法见长。

太宗在读书、写字的时候，也颇见文人的真性情。端拱元年（公元988年）八月，太宗视察国子监，拜谒孔子，结束后正要乘御辇回宫，看见博士李觉正在聚徒讲学。太宗马上让人将李觉招来，让他给自己讲一段。李觉因太宗坐在车驾上，认为他这样对读书人不够尊重，便委婉地拒绝了太宗的要求。太宗于是下车，令人专门设置了临时的讲课场所，让李觉讲《周易》一章，自始至终，都恭恭敬敬地听讲。还有一次，宋太宗夜以继日地练习书法，不知不觉墨写没了。左右的内侍却不知跑到哪儿去了，太宗就挽起袖子自己研墨。正巧内侍官回来看到，吓得面无人色，跪地谢罪。太宗却摆摆手，多大个事儿啊，起来吧！

还有一次，宋太宗与孔守正、王荣两位大臣在御花园喝酒论书。喝得兴起，孔、王两人居然争论起谁的学问大，而把皇帝晾在了一边。赵光义独自喝酒，看着两个醉汉一争高下，直到两个喝醉了才派人将他们送回家去。第二天，孔、王酒醒，回想起昨日的失态吓得坐立不安，连忙进宫来请罪。而宋太宗却故作惊讶："你们两个莫名其妙地谢什么罪啊？"孔、王两人连忙说自己酒后失态，有失仪容，有违礼制。太宗却大度地说："昨天我也喝多了，不记得发生了什么。"

在个人才艺方面，宋太宗甚至超过了唐太宗。他不仅独擅书法，围棋也堪称圣手。据说，他在当开封府尹的时候，到一座庙里去，庙里的老和尚正跟人在下围棋。听说府尹驾到，平民百姓哪敢逗留，急急忙忙就散了，留下一局残棋在那儿。没想到，赵光义经过时却被这残局棋盘吸引住了，看了好久，一定要老和尚将那个下棋朋友找到，从此就带回府里做了他的宾客。等到当了皇帝后，像贾玄这种国手都成了他的座上宾，棋力更是大增。他甚至研创了"飞天蛾""大海求明珠"两个棋势，至今仍为围棋界所重。

2

唐太宗善用人才，从谏如流。他即位不久，即按秦王府文学馆的模式，设弘文馆进一步招徕天下人才，房玄龄、杜如晦、长孙无忌、褚遂良、李勣、李靖等人都是唐朝的一代名臣。他还以隋炀帝拒谏亡国为戒，尽力求言，鼓励群臣批评进谏。光魏征一人就廷谏了两百多次，在朝堂上直陈皇帝的过失，唐太宗也不以为忤，还说出了“以人为鉴”的名言，终致创造了“贞观之治”的盛世。

宋太宗也刻意求谏，学习唐太宗。宋太宗后期很器重寇准。寇准非常敢说话，常常与太宗意见相左。有一次朝议的时候，宋太宗与寇准在政见上发生争执，太宗龙颜震怒，拂袖而去。群臣吓得呆若木鸡，寇准却跟上去扯住龙袍说：“我还没有说完呢！”太宗怒道：“我不想听了。”寇准却生拉硬拽地将皇帝拖回御座，一定要听他讲完。后来，宋太宗叹息道：“朕得寇准，犹文皇之得魏征也。”

淳化二年（公元991年）春，天下大旱，太宗十分心焦。大臣们纷纷安慰，说水旱乃是天象，天道无常，即使是尧舜的时期也会有这样的自然灾害。唯独寇准却将矛头直指皇帝，说之所以出现大旱，是因为朝廷的赏罚有失偏颇。朝廷的赏罚当然是由皇帝决定的，寇准说朝廷的赏罚有失偏颇，那就是说皇帝当得不公正。宋太宗当然不高兴了，责问他："你凭什么这么说?"寇准则义正词严地举出了一桩一桩的事例，搞得太宗灰头土脸，只好予以更正。

为了充分保证台谏官员的讲话权利，宋太宗甚至允许官员们监督自己的私生活。有一个小小的雍邱县尉武程上疏，请太宗削减后宫嫔妃的人数。太宗颇为委屈地对宰相李昉说武程不了解实情，他的后宫人数只有三百人，实在无法再减了。李昉建议处罚武程，却被太宗以"不以言罪人"为由拒绝了。他后来借与大臣们讨论《晋书》，谈论晋武帝后宫内宠泛滥之事，向大家再三表白，说自己后宫仅三百人而已。

在爱护百姓、关心民瘼方面，赵光义也亦步亦趋地学习唐太宗，实践儒家仁政爱民的思想。为了让百姓有地方申冤诉苦，他进一步完善了登闻院制度，下令各级衙门都必须设立登闻鼓，供百姓诉讼；有百姓击登闻鼓，官员必须立即受理。有一次，京城附近一个叫牟晖的人击响了登闻鼓。不知是他跑错地方了还是怎么着，他没有去县衙门击鼓，也没有去开封府击鼓，而是直接跑到皇宫的登闻院击鼓。而他诉讼的事情说来也搞笑：抱怨自己家的一头公猪跑掉了。宋太宗亲自受理了这桩案子，居然还赔了牟晖一千钱的损失费。一个人口上亿的大帝国，皇帝亲自来判一头猪的赔偿，是不是让人笑掉大牙？宋太宗却对宰相说：“像这样的小事也告到我这里来，确实可笑！但我以这样负责任的态度用这份心去治理国家，大概天下就没有什么受委屈的老百姓了。”

对于欺压百姓、荼毒苍生的官吏，宋太宗严惩不贷。太平兴国六年（公元981年），归德节度使推官李承信有一次去菜市场买葱，不知什么原因跟卖葱的小贩争执起来，居然将小贩当场鞭打至死。推官是节度使手下负责司法的长官，作为一名司法官员居然仗势欺人，如此目无法纪，宋太宗十分恼怒，特命处死，还社会一个公平。

雍熙元年（公元984年）十二月，宋太宗在皇宫内长春殿接见了一百多位京城的百岁老人，那些老人感叹说：“自五代以来，未有如今日之盛也。”太宗听了，心里也很高兴。而他的这种做法也直接启发了后世清朝乾隆帝的百叟宴等活动。

淳化二年（公元991年）六月，汴河决口，宋太宗亲临现场视察灾区。天不亮，他就从宫中出发，到了现场即命令殿前司军官率数千名禁军士卒帮助老百姓堵决口。一直忙到水势被挡住，太宗才吃上饭，而随行的亲王、大臣都因救灾搞得一身泥。老百姓看了十分感动，齐呼万岁。

淳化三年（公元992年）六月，汴京一带粮食大丰收，粮价非常便宜，粮农为此愁眉苦脸。太宗得知后，就派官员在京城四门设置交易场所，高价收购农民的粮食，并用闲置的仓库贮存这些粮食。这样的粮仓被称为“常平仓”，等到饥荒之年，就从常平仓里调出粮食，低价卖给百姓。这种做法后来形成制度。宋朝的历代帝王都很重视常平仓的建设，它也成了灾民赈济的一种有力措施。

同年十月，开封大疫。宋太宗下达《行圣惠方诏》，将政府刚刚编纂完成的一部大型医药实用工具书《太平圣惠方》颁赐京师及全国各地，有效地起到了防疫、抗疫的作用。同时，这部书也成了大宋朝的医药科普读物，连辽国、西夏、高丽、日本等国都深受影响。

宋太宗治理下的大宋朝虽然没有出现像“贞观之治”那样的盛世局面，但到了宋太宗驾崩前的至道三年（公元997年），宋朝进行了首次财政大调查，国库总收入已经达到2200余万贯。

3

宋太宗在军事上的建树当然难望唐太宗的项背，但是在规范成熟的国家体系建设方面，包括巩固中央集权、倡导崇文风气、建设文官制度、开创平民时代等，比唐朝更有长足的进步。陈寅恪等后世学者认为“中华文明造极于赵宋之世”，而赵宋皇朝也是在经过宋太宗的经营后，才真正脱离五代的轨道，结束了自晚唐以来百余年的乱世政治，并奠定了三百年繁荣的基业。

雍熙元年（公元984年）的春天，天朗气清，惠风和畅。宋太宗邀请官员来宫中参加“赏花赋诗”大会。拿他的话说：“朕以天下之乐为乐，宜令侍从词臣各赋诗。”

第二年，他更将这个皇家大型沙龙活动形成制度，召宰辅大臣、翰林学士和尚书省四品、中书门下五品以上官员到皇宫后苑赏花钓鱼，赋诗习射。从此，这一活动就成为大宋朝的皇家保留节目，史称“赏花钓鱼曲宴”。

赏花钓鱼宴的标准和程序从太宗朝开始确立，并非所有的官员都可参加这场由皇帝亲自主持的盛大沙龙宴会，需要有一定的品秩和资格。淳化元年（公元990年），有个叫李宗谔的人，担任着集贤殿校理的职务。因为官儿太小，把门的人以他不是学士为由，不让他进去参加这个皇室沙龙。李宗谔就向太宗献诗：“戴了宫花赋了诗，不容重见赭黄衣。无聊独出宫门去，恰似当年下第时。”——他是抱怨自己进士及第了，却还不能参加宴会，等同于当年未中进士一样。

太宗看了李宗谔的诗后，立即下诏，自今游宴，凡官职人员都有资格参加。

不要小看了这么一场皇家宴会。而宋太宗为李宗谔修改规定，这么做的目的，除了体现与民同乐的精神外，更重要的是提高文人的荣誉感，倡导崇文的社会风气，培养崇尚气节的士风。在这一点上，他真是用心良苦。所以，在这些方面，宋太宗的所作所为其实还超越了唐太宗。

当然了，两位太宗身上还有更多的巧合。比如，他们都有一位不争气、不听话的皇长子。再比如，作为亚开国皇帝，两个人身上都负有杀兄夺位的原罪。

所不同的是：唐太宗李世民干这件事，是大张旗鼓干的，玄武门兵变为天下人所知，而他以后小心翼翼做皇帝，显然也有努力偿还原罪的意思在里面。而宋太宗赵光义以唐太宗为榜样，努力做个好皇帝，当然在他心里也有将功补过的意思，但他干的那件事，却是在半公开的情况下干的。虽然大家明知道有这么一回事，但他自己始终拼命地掩盖，而在遮遮掩掩当中倒暴露了他的心虚。

如果说唐太宗走的是一条谋杀者的自我救赎道路，那么宋太宗其实是在走另一条自我掩饰和自我塑造的道路。前者天然率真，后者就不免有些做作矫情。

宋太宗当了皇帝后，贪图唐太宗的名声，想要追随唐太宗的文治武功，但问题是宋朝的国力却跟不上，所以总有些画虎不成反类犬。比如，他想开疆拓土，发动了两次对辽国的战争，但两次都大败而归，甚至连自己都在大腿上中了箭伤。还有更重要的一点：他无法像唐太宗那样直面杀兄夺位的事实，所以他的一生都在掩饰和虚伪中度过。

按照中国历代的传统，史官记录皇帝的言行历来都不让皇帝审阅，以保证记录的客观公正，唐太宗遵循这个原则，做了什么事尽管让后人去说，所以玄武门之变的史料确凿而翔实；但宋太宗生性多疑偏狭，他对这个皇帝的“起居注”十分在乎，坚持要由他亲自审稿。在《续资治通鉴长编》一书的注解中道出了这个秘密：宋太宗时期的言行实录曾经修改过两次，第一次修改好，他看了不满意，认为没有记载自己在陈桥兵变时的功劳，多次要求宰相组织史学家们重新修改。第二次修改完毕，就删除了所有对他不利的记录，增加了不少拍马屁的东西。之后编纂《宋史》和其他有关史书都采用了第二次修成的实录作为根据，赵光义的宣传材料，当然也就都编进去了。历史失去了真相，所以《宋史》也就成了二十五史中最可怀疑的一部。

宋太宗的一生真真假假，似乎永远笼罩着一层迷雾，而对他的功过是非也出现了截然不同的评价。笔者今天讲述宋太宗，这个宋朝的亚开国皇帝，赵宋家族北宋一系皇帝的先祖，不想再人云亦云地说他的事迹和传奇。好在宋人留下了浩如烟海的稗闻逸史，还有各代学者留下的林林总总的历史研究。笔者试图在此基础上，还原一个真实的宋太宗，还原一个家族的原生图景。

图书在版编目（CIP）数据

大宋宫词 . 赵宋第一家族之宋太宗 / 陈华胜著 . --
南京：江苏凤凰文艺出版社，2021.3
ISBN 978-7-5594-4840-8

Ⅰ . ①大… Ⅱ . ①陈… Ⅲ . ①长篇历史小说—中国—
当代 Ⅳ . ① I247.5

中国版本图书馆 CIP 数据核字（2020）第 077687 号

大宋宫词 · 赵宋第一家族之宋太宗

陈华胜　著

责任编辑　刘洲原
特约编辑　关　健
责任印制　刘　巍
出版发行　江苏凤凰文艺出版社
　　　　　南京市中央路 165 号，邮编 210009
网　　址　http://www.jswenyi.com
印　　刷　广东虎彩云印刷有限公司
开　　本　880mm × 1230mm　1/32
印　　张　7.25
字　　数　176 千字
版　　次　2021 年 3 月第 1 版　2021 年 8 月第 2 次印刷
书　　号　ISBN 978-7-5594-4840-8
定　　价　58.00 元